SA MAJESTÉ DES FÈVES

Ève Borelli est professeure de lettres. Elle est également l'auteure entre autres de *La Lanceuse de couteaux* et de *Sa Majesté des fèves*, qui a obtenu le prix Mazarine Book Day en 2016.

ÈVE BORELLI

Sa Majesté des fèves

MAZARINE

ISBN : 978-2-253-93414-1 – 1re publication LGF

À mon frère Laurent, qui me défendait à la récré quand les méchants m'embêtaient... En souvenir de nos crêpes, de nos rires, de notre recherche frénétique de brosses à dents à la gare de Barcelone, un fameux lendemain de réveillon.

PARTIE I

L'appel de Londres

Chapitre I

Lucien

— Lucien ! Lucien ! Tu es là ? C'est allumé, je le vois ! Lucien ?

Dix minutes que Cristalline tambourinait comme une dingue contre la porte, de ses gigantesques paumes dans lesquelles se déchargeait toute la force de son corps musculeux. Lucien ne bougea pas d'un pouce, n'ayant aucune envie de se soustraire à sa petite routine. Il était devenu un ramollo du bulbe, une huître sur son rocher. Bref, il avait pris racine. La déprime était son terreau, écrin cotonneux et anesthésiant. Sûr que si Cristalline parvenait à s'introduire dans son atelier, elle le déracinerait avec la délicatesse d'une superstar de catch arrachant le maillot de son adversaire. *Merci, mais non merci.* Il ne souhaitait pas être secoué.

— Je ne te servirai pas de prunier, ma grande, marmonna-t-il.

Pour ignorer le soupçon de culpabilité qui s'insinuait en lui, il se contenta donc d'attendre qu'elle se lasse. Mais la patience n'était pas le fort de Cristalline.

Non, elle était plutôt du genre à pleurer de rage sur un paquet de gruyère à « ouverture facile » en hurlant qu'on se moquait du monde, que l'ouverture n'était pas du tout, *du tout* facile. Du style à piquer une crise si elle se trouvait coincée dans un embouteillage et à s'échapper en empruntant la bande d'arrêt d'urgence sous les klaxons outragés des autres conducteurs…

Soit elle défoncerait le battant (elle en avait la force) et ferait une entrée fracassante dans un nuage de poussière, soit elle rendrait les armes.

— Lucien ! Lucien !

Les coups redoublèrent d'intensité.

— Ouvre !

Un « merde » sonore résonna ; le gravier crissa. Elle regagnait sa voiture. Un soulagement teinté de déception envahit Lucien. Quelque part au fond de lui, il aurait aimé qu'elle force sa porte, qu'elle lui communique ainsi un peu de sa joie de vivre et l'oblige à se ressaisir. Il ne se sentait pas le courage de lui ouvrir, mais il avait pourtant conscience d'avoir laissé filer le coup de pied au cul dont il avait désespérément besoin pour reprendre le cours normal de son existence.

Enfin, il fallait relativiser : au moins aurait-il le temps de poursuivre sa tâche. Il observa le croquis de Vénus posé devant lui sur la table de travail et saisit la boule d'argile pour la transformer en fève mère, en modèle, donc. Il manipula, creusa et façonna un corps grossier, mais déjà féminin. Les hanches, la poitrine, les cuisses pudiquement croisées… Une bombe qui ferait palpiter le cœur de ceux à qui elle était destinée.

Cinq ans auparavant, cette fève se serait multipliée en centaines et centaines de petits clones dont Lucien et Alistair, son mentor, se seraient amoureusement occupés. Avant qu'elle n'appose son empreinte sur une flopée de plaques en argile, ils l'auraient laissée sécher. Ils auraient patienté, bu des tasses entières du café trop fort d'Alistair, esquissé d'autres modèles, tout en discutant de la pluie et du beau temps, de leurs états d'âme ou des conflits dans le monde, selon l'humeur du jour.

Lucien bomba légèrement les fesses de la Vénus, en proie à la nostalgie. Les chansons de Brassens les auraient accompagnés, comme toujours. Lorsque les moules auraient été prêts, Alistair, de ses mains tremblantes, y aurait versé la barbotine, cette argile liquide dont il aimait le contact. Neuf heures de cuisson. Émaillage. Deuxième cuisson, et la déesse aurait été dupliquée, encore et encore. Elle aurait réchauffé l'intérieur d'une belle et gigantesque fournée de galettes des Rois.

Aujourd'hui, sa Vénus ne donnerait naissance qu'à une cinquantaine de fèves : les dernières. C'était triste et vraiment déplaisant. Il décida d'en finir au plus vite. Cette fois-ci, il ne les rehausserait pas. Les ultimes fèves de sa carrière ne connaîtraient pas le « feu d'or », celui qui transformait la couleur caramel de la matière en teinte blonde et éclatante. Ça ne valait pas le coup : elles ne seraient même pas vendues, mais juste gracieusement offertes au Club des fabophiles français qui le suivait depuis des années. Lorsqu'il avait annoncé l'arrêt de son activité au président de l'association, le pauvre homme avait eu un mal fou à l'admettre. « Impossible. Dites-moi que c'est impossible ! s'était-il indigné. Il faut manifester, faire entendre nos voix ! La guilde des fabricants de fèves ne peut s'éteindre ainsi… Vous êtes notre espoir et notre salut. » Il avait poursuivi sur sa lancée pendant une heure, sueur au front, gesticulations à l'appui. Au moment où il avait commencé à hyperventiler, Lucien, à la fois ému et agacé, avait promis d'offrir à l'association une série de fèves inédites, en guise d'adieux.

Armé de son stylo à ébavurer, repoussant la tristesse qui menaçait de le terrasser, il se mit à façonner la chevelure. Alors, sans crier gare, l'image de Lolitta, son ancienne petite amie, envahit son esprit. Bien sûr. Ça ne suffisait pas qu'il ressasse son échec professionnel. Il fallait qu'il la ressasse, *elle*. Il tenta de la chasser de ses pensées, mais il n'y avait rien à faire, elle s'imposait à lui. Il pouvait presque sentir son odeur de musc mêlée à une légère transpiration. Et la voir : chignon soyeux, auburn criard, savants frous-frous de dentelles, vulgarité du tatouage.

Lolitta…

La bouche de Lolitta, gercée par les baisers, qui s'était ouvert en un O monstrueux lorsqu'elle avait aperçu Lucien la surplombant. Surplombant aussi le gars qui la chevauchait ardemment. Ses cuisses potelées s'étaient refermées. Elle avait repoussé son amant, puis s'était redressée, honteuse, rabattant le drap sur ses seins généreux. Fâché d'être ainsi éconduit, ce dernier avait juré avant de s'apercevoir de la présence de Lucien, silencieux, figé devant le lit froissé. L'intrus l'avait jaugé un court instant avant de hausser les épaules, l'air de dire que Lucien n'avait pas franchement l'étoffe d'un rival, avec ses biceps maigrelets et son tee-shirt estampillé : *Pacifists fight in bed, not in life* ! L'amant de Lolitta avait donc lâché un soupir ennuyé et s'était levé, son sexe encore dressé en une faramineuse érection qu'il ne se donnait même pas la peine de dissimuler d'une main pudique. Abasourdi, Lucien l'avait observé trimballer paisiblement sa montagne de muscles à travers la pièce, enfiler son jean, récupérer son portable, ses clefs, puis quitter la pièce sur un salut pimpant. Échevelée, tremblante, Lolitta avait contemplé Lucien. Son rouge à lèvres avait débordé et formait un halo autour de sa bouche, assombrissant le haut de son menton. Jamais elle ne lui avait paru si belle. Jamais il ne lui en avait tant voulu de les faire basculer ainsi dans le plus vulgaire des clichés. Même si, en toute objectivité, le cliché, ils baignaient dedans depuis des lustres : charentaises vissées aux pieds et plateaux télé bien programmés.

— Tu me trompes, donc.

Il aurait aimé lui lancer une remarque cinglante, mais rien d'autre n'était sorti que cette constatation amère. De grosses larmes avaient dévalé les joues de Lolitta et elle avait commencé à se ronger frénétiquement les ongles.

— Lucien… Je suis tellement désolée, avait-elle murmuré. Je pensais que tu avais un entretien d'embauche… Tu n'aurais jamais dû voir ça.

Quel stéréotype ! Le régulier qui rentre plus tôt et se trouve face au fait accompli. Étonnant que l'amant n'ait pas été planqué dans le placard.

— Rendez-vous auquel je ne me suis finalement pas rendu, avait répondu Lucien en refoulant le sanglot qui menaçait de le faire flancher. Affûteur de joints de culasse : ce n'est pas vraiment ma tasse de thé.

Elle s'était entortillée dans le drap avant de se diriger vers lui, gênée par l'immense traîne à ses pieds. Avec ce machin autour des hanches, elle ressemblait à une déesse grecque.

— Pardonne-moi, Lucien. Rien de tout ça n'était prémédité. Ça n'allait pas, entre nous…

Elle en avait eu assez de devoir le forcer à se bouger chaque matin, depuis qu'il était au chômage. Marre de devoir essuyer ses refus de l'accompagner boire un verre, au cinéma, au restaurant. Sa claque d'être sans cesse délaissée. La vie continuait, il aurait dû rebondir, mais il s'était laissé aller, jour après jour. Catastrophe et abomination, il ne s'était pas plié au sacro-saint credo de Lolitta. La colère avait gagné Lucien, balayé son incrédulité, son désespoir.

— Parce que je n'avais pas droit de déprimer un petit mois, voire deux ? Ma carrière est finie, Loli. Tout m'a filé entre les doigts. Mais ça, tu ne le comprends pas, avec tes grands discours sur la reconversion professionnelle, tes annonces entourées au fluo : *Retoucheur, miroitier…* Des choses aux antipodes de ce pour quoi je suis doué. Je vais t'avouer un truc, Loli : je hais tes maudits Stabilo. J'en fais des cauchemars. Mille millions de Stabilo roses braqués sur moi comme des flingues… Si je basculais du côté obscur de la force, tu sais ce que j'en ferais, de tes Stabilo roses ?

La soudaine conscience que sa voix avait viré hystérique et le regard effrayé de Lolitta avaient interrompu sa tirade.

OK. Avait-elle été la seule coupable de ce fiasco ? N'avait-il pas lui aussi sa part de responsabilité ?

Il n'avait plus pris soin de lui et le monde, ou plutôt Lolitta, ne l'avait plus aimé. Depuis combien de temps cette trace de mayo séchée ornait-elle son jean ? Depuis le dernier kebab ingurgité. Une semaine, peut-être ? Depuis quand la douche était-elle devenue une option ? Le canapé, son meilleur ami ? Le grognement, son mode de communication ?

Lucien avait baissé la tête, détestant Lolitta et se détestant peut-être plus encore. Elle l'avait alors regardé d'un air insupportablement tendre, avait tenté de poser une main sur sa joue, mais l'odeur du corps de l'autre l'enveloppait encore. Il l'avait repoussée, elle avait pleuré. Lui aussi. Ils s'étaient accusés mutuellement. Ça avait été banal et déchirant.

Lucien n'avait jamais vraiment su avec certitude s'il aimait Lolitta. Jamais il ne lui aurait passé la bague au doigt avec un sourire niais, par exemple. Mais elle était son point d'ancrage, sa meilleure amie, et il l'avait perdue. À cause de Patricio Dubuis. Oui, parce que l'amant avait un nom. Lucien avait cuisiné Lolitta pour le connaître, lui avait tiré les vers du nez aux forceps et elle avait craqué. Curieusement, sa colère ne se dirigeait jamais vers Lolitta. Mais vers lui, oui, puisqu'on pouvait considérer que, si Patricio Dubuis n'avait jamais existé, il n'aurait pas rencontré Lolitta au cours de *spinning* (un sport barbare dont le principe douteux est de pédaler à fond la caisse dans le noir le plus complet). Il ne lui aurait pas expliqué comment régler le cardiofréquencemètre, ne se serait pas installé sur le vélo juste devant elle. Elle n'aurait pas eu alors une vue imprenable sur son fessier moulé dans un legging anti-sudation. Et elle n'aurait pas trompé Lucien. Ça n'aurait pas été la fin de leur histoire.

Depuis, échafauder des plans de vengeance sur son carnet de croquis était devenu l'une des activités favorites de Lucien.

Cible : Patricio Dubuis. Coursier en bourse. Amateur de gonflette. Bodybuilder accro aux protéines en gelée. Abruti fini, bulot hydrocéphale, chipolata sur pattes.

Étape 1 : Pister Patricio Dubuis, connaître son emploi du temps, à la minute près.

(Requis : tenue de commando, chaussures à semelles plastique pour plus de discrétion)

Étape 2 : S'introduire chez Patricio Dubuis (cet abruti fini, ce bulot dégénéré, cette chipolata sur pattes).

Note : chercher tutoriel sur YouTube pour crocheter une serrure.

Étape 3 : Piquer ses pots de gelée protéinée, les remplacer par des pots strictement identiques, préalablement vidés et remplis d'une substance ressemblant à cette mixture, mais avec un maximum de sucre.

Étape finale : Attendre que Patricio Dubuis grossisse, que ses bourrelets débordent de son pantalon et qu'il perde de sa superbe. Récupérer Lolitta.

OU attendre que Patricio Dubuis grossisse, force sur le *spinning* pour fondre, et claque d'une crise cardiaque à force de séances violentes et répétées. Récupérer Lolitta.

Son carnet se gonflait de plans irréalistes. Plus il gonflait, plus Lucien, lui, se sentait devenir tout petit.

*

Des coups frappés à la porte le firent sursauter. Cristalline revenait à l'attaque.

— Je sais que tu es là, Lucien ! braillait-elle. J'ai fait un tour au village. Au bar, on m'a dit que tu ne sortais jamais de chez toi. Ils t'appellent l'Ermite ! Avec un grand E, Lucien ! Ouvre-moi !

Le deuxième round commençait.

L'Ermite-avec-un-grand-E. Et dire qu'il avait envisagé de se mettre au vert une ou deux semaines, histoire de digérer la rupture, d'envisager l'avenir… Mais les jours avaient passé et il avait végété, morne, déprimé, barbu et puant. Voilà maintenant deux mois qu'il vivait reclus dans son atelier. Oui, c'était cela. Il s'était *ermitisé*. Son seul contact avec le monde extérieur se résumait désormais au strict

« Bonjour-merci-au revoir » qu'il adressait à l'épicière du village lors de son ravitaillement hebdomadaire. Son téléphone était éteint depuis un bail. Il ne consultait plus Internet. La vie s'était réduite à ce petit coin perdu, à l'écart de Montpellier.

Et voilà que se pointait Cristalline… Grande, athlétique, épaules carrées, absence de hanches, visage tout doux. Elle n'était pas belle, mais accrochait chaque regard. Elle semblait représenter l'antithèse de la féminité, pourtant tout le monde lui succombait.

Une vague de tendresse enveloppa Lucien au dépourvu et adoucit un peu son amertume. Sa détermination vacilla. Il se leva et se glissa furtivement vers la porte. Et si sa présence était un signe ? Peut-être que s'il cédait, qu'il l'accueillait, cela lui permettrait de redevenir comme avant : un garçon pépiant et non cette créature rabougrie ?

Il soupira : il n'était plus un garçon depuis belle lurette, et ce n'était pas demain la veille qu'il pépierait. Il n'y avait que ces abrutis de rossignols pour le faire, dans le coin. Sans omettre de repeindre copieusement son allée.

— Lucien Bigorneau, tu m'ouvres ou je te botte l'arrière-train ! clama-t-elle d'une voix fluette qui tranchait avec la puissance de l'assaut.

Candy dans le corps du Golgoth.

Lucien attendait, indécis, alors qu'en lui jaillissait une myriade de souvenirs, des Polaroids sépia, un peu fanés. Elle et lui… Sa main caressa le montant de porte. Il avait toujours eu un mal fou à lui résister.

Il y avait des mois qu'il ne l'avait pas vue. Six, peut-être. Qu'aurait-il à lui raconter ? Ses échecs et sa dépression ? Ou un joyeux mensonge enrobé à la sauce « j'avais besoin de solitude pour créer » ?

Non, il ne saurait pas mentir à Cristalline. Il n'y était jamais parvenu.

À quoi ressemblerait-il alors, à côté d'elle dont le succès vous claquait au visage comme un fouet conquérant ?

Il eut soudain envie d'un petit remontant et marcha silencieusement vers sa table de travail. Juste un shoot. Il expira longuement et se détendit… jusqu'à ce que le bruit d'une vitre brisée ne le fasse bondir. Un courant d'air souleva le rideau, laissant entrevoir une large main rose. Elle saisit la poignée qui bougea tout doucement. Exactement comme dans un film d'horreur.

D'une lenteur terrible, la fenêtre pivota et s'ouvrit en grand sur un clown grimaçant, affreux ! Un rictus sadique déforma sa bouche grotesque, peinturlurée. D'un bond, il fondit sur Lucien et le zigouilla… Fin de l'histoire.

Mais, au lieu du psychopathe de ses cauchemars, le visage de Cristalline, auréolé de folles boucles blondes, apparut.

— Alors, frangin, comment ça va ? demanda-t-elle comme s'il lui avait déroulé le tapis rouge.

Chapitre II

Lucien

Lucien se contenta de grimacer. Cristalline lui tira la langue, et son visage enfantin – joues roses, lèvres charnues et prunelles bleu azur – prit une expression réjouie, alors qu'elle ouvrait la petite fenêtre à la volée et se hissait sur le rebord. Elle gesticula comme une anguille pour se glisser dans l'embrasure et y parvint enfin, avec force grognements.

Cristalline se trouvait là, au milieu de son atelier et de ses fèves. Un soulagement indicible qu'il n'avait pas anticipé envahit Lucien, comme lorsqu'elle apparaissait autrefois, surplombant les écoliers qui le harcelaient, pour leur mettre la volée du siècle… et le sauver.

Elle le contempla sans bouger, sondant l'humeur de son frère. Lucien l'observa hésiter et choisir de ne pas s'approcher. Pas de doute : elle savait que, lorsqu'il était grognon, il ne fallait pas le toucher. Elle se contenta donc de jeter un œil circulaire à la pièce avant que son regard ne se braque sur la table.

— Tu as recommencé ?

Lucien baissa honteusement la tête vers la colle Cléopâtre ouverte, posée devant lui.

— Mais non, protesta-t-il mollement. Je m'en sers pour…

— Coller tes fèves ? Ne me prends pas pour une idiote ! Tu as recommencé, espèce de toxico.

Il acquiesça, penaud, alors qu'elle le dévisageait avec un zeste de sévérité.

— Si tu te remets à sniffer de la Clé, c'est que ça va mal. Qu'est-ce que tu fabriques, cloîtré dans ton atelier, à avaler des conserves ? demanda-t-elle en pointant le doigt vers la boîte Bonduelle éventrée qui traînait sur l'évier.

— Je…

Elle venait pour lui remonter les bretelles comme à un gosse. Mais elle s'en chargeait avec une telle bienveillance qu'il ne put s'empêcher de glousser et de rétorquer :

— Je te retourne la question : qu'est-ce que *tu* fais ici ? En pleine nuit ?

— Bien envoyé, rétorqua-t-elle avec un clin d'œil. Tu t'améliores ! Et dire qu'avant tu n'avais aucun sens de la repartie. Je suis ravie de constater que tu as suivi mes conseils et que…

Un « Maman ! » impatient interrompit Cristalline, qui adressa un regard d'excuse à Lucien avant de se pencher vers la fenêtre par laquelle elle était entrée, pour aider Roméo, son fils, à se hisser et à les rejoindre. Lucien trouva que le petit avait changé. Il était toujours l'exact opposé de sa mère : petit, brun, une mèche barrant son front, mais quelque chose dans l'expression de son visage était différent.

La joie de vivre avait déserté ses traits. Il ne se précipita pas vers Lucien, comme la dernière fois qu'il l'avait vu, pour lui montrer sa nouvelle Majorette, sa dent tombée, ses baskets-qui-font-courir-super-vite ou parler d'ornithorynques, sa grande passion. Non, Roméo fixa froidement Lucien et bâilla.

— Dis bonjour à tonton, lui demanda Cristalline en s'agenouillant près de lui.

— Salut Roméo ! l'encouragea Lucien.

Le garçonnet ne bougea pas d'un pouce. Cristalline esquissa un geste d'excuse en direction de Lucien alors que le gosse émettait un léger sifflement : un jappement lui répondit. Lucien frémit. Une seconde plus tard, cerise sur le gâteau foiré de la vie, l'infâme Micheline Ostermeyer, le caniche le plus hargneux du monde, visiblement increvable puisqu'il accompagnait sa sœur partout depuis des lustres, fit son apparition. Illico, il se précipita vers Lucien pour renifler son pantalon, puis grogna quelques secondes. Lucien ne broncha pas. Il détestait cette chienne depuis qu'elle avait mordu sa fesse droite, lui laissant le souvenir impérissable de ses crocs en guise de tatouage, tout ça parce qu'il avait refusé de lui offrir un morceau de sa cuisse de poulet. Le pire, c'est qu'il avait agi pour son bien. Tout le monde sait qu'un os de volaille peut vous envoyer un clébard dans l'au-delà en deux temps trois mouvements !

Cette fois-ci, Micheline Ostermeyer l'épargna et alla rejoindre ses maîtres.

Ils étaient tous au complet, les bras ballants, à ne savoir que faire, silencieux. Cristalline fondit subitement sur son frère et le serra très fort dans ses bras.

— Je suis contente de te voir, Lulu. Ça faisait longtemps, souffla-t-elle.

Oui, ça faisait longtemps qu'il n'avait pas respiré son odeur de vanille. Cristalline devait être la seule femme au monde à sentir aussi bon tout en se démenant autant.

— Pareil, avoua Lucien avec affection.

— Tu allais me laisser à la porte, pourtant ! s'exclama Cristalline en s'écartant.

Lucien montra le foutoir qui les entourait. C'était une excuse plausible. Il n'avait aucune envie de lui raconter Lolitta et le chômage tout de suite. Sa sœur haussa les épaules après avoir inspecté les lieux.

— Pour ça ? Décomplexe, mon grand. Je te rappelle que j'ai connu le plus grand capharnaüm de la planète : ta chambre. Tu te souviens du jour où j'ai dégoté un sandwich sous ton lit ? Il était vert.

Elle contempla Lucien en souriant et il se sentit mieux, tout à coup.

— Je suis désolée de ne pas être passée avant…

— Tu es une femme occupée, suggéra Lucien avec un hochement de tête compréhensif.

— J'enchaîne compétition sur compétition. Tout pour arrêter de stagner en régionales !

— Le lancer de disque, ça vous remplit une vie.

— Ne m'en parle pas ! renchérit-elle en levant les yeux au ciel, avant de reporter son attention sur lui. Franchement, une lanceuse de disque qui n'arrive pas à lancer sa carrière, c'est le comble, non ?

Ils échangèrent un regard complice. Elle était là depuis cinq minutes, et il se sentait déjà plus léger.

— Si tu es si occupée et que, sauf erreur, tu ne comptes pas t'entraîner au stade olympique du coin, qu'est-ce qui t'amène ici ? demanda Lucien.

— Lolitta m'a appelée, expliqua Cristalline, gênée. Elle s'inquiète pour toi.

Lucien ouvrit la bouche, puis la referma.

Splendide ! La traîtresse avait passé un coup de fil à sa sœur pour lui narrer ses tragiques déboires. Ces deux-là s'adressaient la parole du bout des lèvres depuis des années… et se liguaient soudain au profit d'une juste cause : *sauver le soldat Lucien.*

— Qu'est-ce qu'elle t'a raconté ? s'enquit-il sèchement.

— Il est tard, esquiva Cristalline. Sers-moi une bière, ou une tequila, ou quoi que ce soit d'autre, et je te dirai tout… Si tu me dis tout !

Je-te-le-dis-si-tu-me-le-dis : la grande spécialité de Cristalline pour lui soutirer des confidences – élue « meilleure technique de chantage » de leur enfance.

Lucien jeta un œil à Roméo. Il s'était approché de sa table de travail et observait les fèves qui s'y trouvaient, les saisissant une à une entre ses petits doigts. Micheline Ostermeyer, qui ne l'avait pas quitté d'une semelle, le fixait avec espoir en remuant du croupion, pensant sans doute que c'était comestible. Décidément, cette chienne était un ventre sur pattes.

Lucien hocha la tête et se dirigea vers le frigo. Il en sortit deux bières pendant que Cristalline s'installait sur le canapé et étirait devant elle ses jambes massives.

— Alors ? attaqua-t-elle en s'emparant de la bouteille que Lucien lui tendait, faisant sauter le bouchon d'un doigt.

Lucien se souvint qu'au lycée on la surnommait Crista-le-décapsuleur. Elle était le phénomène de leurs soirées adolescentes.

— Allez, raconte. Je suis curieuse de savoir comment mon adorable frère, d'un naturel aimable et, ma foi, à l'hygiène à peu près convenable depuis la sortie du lycée, en est arrivé à sniffer de la colle dans son atelier lugubre sans prendre la peine d'allumer la lumière.

Lucien but la moitié de sa bière cul sec. Cristalline et son tact légendaire. Même s'il avait encore du mal à se lancer dans un grand déballage de printemps, il savait pourtant qu'il ne tarderait pas à fondre sous le regard inquiet de sa sœur.

— C'est à cause de Lolitta ? insista-t-elle avec douceur.

— Oui et non… Pas vraiment. Lolitta et moi, c'est fini. Mais je le prends avec philosophie, mentit Lucien, l'air faussement dégagé. Qui suis-je pour prétendre rivaliser avec un trader shooté aux protéines ?

Cristalline replia les jambes et appuya ses coudes sur ses genoux écartés. Elle le dévisagea.

— Quoi ?

— Lolitta ne t'a pas dit ? Comme c'est étonnant…

— Elle m'a seulement raconté que vous vous étiez séparés, affirma Cristalline en écarquillant les yeux.

Lucien étouffa l'injure qui menaçait d'éclore sur ses lèvres.

— Je l'ai trouvée au lit en train de se faire joyeusement culbuter par un mec dont les biceps font quarante fois la taille des miens, murmura-t-il pour ne pas être entendu de Roméo.

Cristalline ne lui lança pas le regard affreusement compatissant que les gens accordent habituellement aux cocus de ce monde. Elle se contenta de boire une gorgée.

— Je l'ignorais. Elle ne m'a pas donné de détails. La conversation a été brève, dit-elle simplement. Elle m'a parlé de ton travail, ou plutôt de ton *absence* de travail…

Lucien sentit à nouveau la tristesse l'envahir. Se faire quitter par Lolitta n'avait pas été une partie de plaisir, mais ça… Perdre son boulot avait été comme perdre un peu de lui-même ; comme perdre son rein. On peut vivre sans – sur Arte, il avait suivi un documentaire édifiant sur le sujet –, mais on vit mal. À voir les mines pâlottes des types à l'écran, on le devinait avant même qu'ils déroulent leur calvaire.

À l'âge de dix-huit ans, il avait été formé par Alistair Daucher en personne, le virtuose des fèves. Il avait eu la chance que ce dernier l'accepte dans son atelier à la suite d'un stage effectué en terminale. Pourtant, au départ, le maître s'était montré glacial : il ne parlait guère et reprenait sèchement son élève à chacune de ses erreurs. Mais, au fil du temps, au cours de ces longues journées de travail minutieux durant lesquelles Alistair confiait ses techniques et ses secrets d'artiste, les deux hommes s'étaient rapprochés. Alistair avait fini par s'ouvrir. Il se racontait d'une manière à la fois volubile et pudique et

Lucien, pendu à ses lèvres, en oubliait parfois de façonner ses fèves. Occasionnellement, puis de plus en plus souvent, ils abandonnaient leur travail et buvaient un pastis sous le soleil de plomb, sur la terrasse de la maison d'Alistair. Le chant des cigales, mêlé à celui de Brassens, accompagnait les histoires du vieil homme. Lucien s'était creusé une place dans la vie de son mentor. Zigomate, l'épagneul breton, lui faisait la fête quand il arrivait, et Louise, l'épouse d'Alistair, lui préparait des tartes aux figues.

Lorsque le grand maître était mort, avant que ses longs cils blancs ne se referment sur son regard taquin, avant de briser le cœur de son apprenti, il lui avait fait promettre de continuer. Lucien était donc devenu l'ultime fabricant de fèves pour galettes des Rois de France : une immense pression reposait sur ses épaules. Il s'agissait d'un héritage sacré à défendre, mais Lucien n'avait rien d'un superhéros. Il aurait dû s'en douter, avec ses guibolles comme deux flûtes maigres et sa nature asthmatique. Le dernier févier de France avait toutefois lutté avec acharnement, puis, ces deux dernières années, les contrats avaient cessé d'être renouvelés, les commandes s'étaient espacées pour finalement disparaître.

— Je n'ai plus de boulot, Cristalline, avoua Lucien. Dingue, hein, à une époque où les Français enfournent plus de 30 millions de galettes toute l'année ! J'ai perdu mes contrats les uns après les autres. Même mon client le plus fidèle, Roger Durebœuf, m'a claqué la porte au nez. « Vous comprenez, monsieur Bigorneau, vous êtes un artiste. Et les artistes coûtent cher, surtout depuis que les Français veulent manger de la galette quotidiennement. Pour tout vous avouer, les figurines en plastique pour enfants sont devenues bien plus rentables. Tenez, j'ai une cliente, là… madame Mamaire. Son fils a hurlé pendant une journée entière quand il a récolté une église romane au lieu d'un mini Flash McQueen. Je vais quand même vous passer une dernière commande, au nom de nos années de collaboration… La Joconde, cela fait si longtemps ! Ensuite, rideau. La loi de l'offre et la demande, vous comprenez… » Voilà ce qu'il m'a dit, l'œil bovin, en mâchonnant son croissant.

Cristalline ouvrit la bouche pour répondre, mais Lucien ne la laissa pas faire. Maintenant qu'il avait ouvert les vannes, il ne voulait plus – ne pouvait plus – s'arrêter. Roméo s'était éloigné vers l'établi et semblait concentré sur le matériel posé dessus : le trop-plein de paroles que Lucien retenait en lui depuis deux mois pouvait donc se déverser sans filtre :

— Après ça, Lolitta s'est mise à me harceler, à coups de plans de carrière, de reconversion… « *Cherche monteur de meubles chez Ikea*. C'est pas mal, non ? Ça requiert de la dextérité. *Cherche ouvrier à la chaîne pour assiettes et poteries*. Ça, ça te plairait ! » J'ai essayé, Cristalline, je le jure. Mais rien ne me correspondait. Je suis un fabricant de fèves, rien d'autre. Et ça craint vraiment.

— Tu l'as dit, approuva Cristalline en lui tapotant le genou. La situation est catastrophique et tu ne ressembles à rien. Enfin, si : à toi dans ta période hard rock, en plus vieux et en plus sale.

— Merci, tu me réconfortes, tu n'as pas idée.

Cristalline gloussa. Lucien l'imita faiblement.

— Dis-moi, maintenant… Pourquoi es-tu là, Cristalline ?

— Parce que tu me manques, répliqua-t-elle en fronçant les sourcils, comme s'il venait de poser la question la plus stupide de l'univers.

— Tu me manques aussi.

Évidemment qu'elle lui manquait. Elle lui manquait tout le temps !

— Ça tombe bien, parce que tu vas m'avoir sur le dos un moment, lança-t-elle, visiblement satisfaite. J'ai un plan. Un plan pour te sauver.

Chapitre III

Cristalline

Lucien la fixait de ses yeux sombres, les paupières légèrement plissées, incrédule. Oui, au lieu de l'encenser, il restait planté là, sans ciller. Pas le moindre frisson d'enthousiasme. Rien ! Nada ! Il était ingrat, voilà tout.

— Cristalline… On n'est plus des gosses, lança-t-il avec un sourire contrit.

Soit, mais tout de même ! Elle s'était coltiné six cents bornes pour lui annoncer qu'elle allait l'extraire de là : un zeste de motivation aurait été apprécié.

— Et ? Est-ce que ça m'ôte mes pouvoirs de super-héroïne ? rétorqua-t-elle en bombant fièrement la poitrine.

Elle le convaincrait. Il avait besoin d'elle, de ce plan fou. Et inversement…

L'appel de Lolitta était tombé pile poil : Cristalline achevait son entraînement et regagnait les vestiaires sous les hourras de son coach qui braillait d'extase en lui postillonnant dessus comme un forcené : « La compétition nationale est dans le viseur, Herculette ! Tes concurrentes, ces pauvres lanceuses à la manque, vont exploser en plein vol et tu leur feras manger la poussière ! Elles avaleront leurs foutus disques par les trous de nez ! Nom d'un Galfione, ton lancer de disque atteint les cinquante mètres ! Dans quelques années, les Jeux olympiques sont à nous ! » Comme d'habitude, elle avait souri aux exagérations de Domingo, sans parvenir à se réjouir totalement. Ces derniers temps, l'inquiétude ne l'avait pas lâchée. Elle talonnait Cristalline, voilait ses journées, ses pensées.

Son fils de sept ans : Roméo… Était-il malade ou dépressif ? Peut-être traumatisé ? Où était enfoui le petit garçon rieur dont la voix résonnait jusqu'au coucher ? Que s'était-il passé, brusquement, pour qu'il se transforme en fantôme ? Cristalline était prête à tout pour qu'il retrouve le sourire.

« Tu ne te rends pas compte à quel point tu es douée, Herculette. Quand tu lances, on croirait que ton disque va partir dans l'espace, comme une fusée ! Et tu n'imagines pas… » Une sonnerie avait interrompu la tirade de son coach. Cristalline avait attrapé son portable au fond de son sac de sport et fixé avec étonnement le numéro de Lolitta affiché sur l'écran. Quelle mouche avait piqué la coiffeuse ? Les deux femmes n'avaient aucun atome crochu. Lolitta n'appréciait pas Cristalline et le lui avait bien fait comprendre à coups d'œillades hostiles et de moues boudeuses. Cristalline n'aimait pas Lolitta et le lui avait avoué de but en blanc lors d'un réveillon trop arrosé. Si cette carne se donnait la peine de la contacter, c'est que quelque chose de grave s'était produit.

Cristalline avait décroché avec angoisse, s'attendant au pire. Lolitta s'était montrée brève : « Lucien va mal. Il a éteint son téléphone depuis des semaines… Ah ? Tu n'étais pas au courant ? Il doit se terrer dans son atelier. Je n'ose pas aller le voir. Peux-tu t'en charger ? Il a perdu son job et nous sommes séparés. »

Oui, elle pouvait s'en charger. Lucien lui manquait beaucoup et elle l'avait négligé, dernièrement : elle partageait son temps entre son fils, ses entraînements et les cours qu'elle prodiguait à de jeunes athlètes afin d'arrondir ses fins de mois.

Elle ne supportait pas de savoir son frère malheureux. Et puis, Roméo et elle avaient désespérément besoin de changer d'air.

Quelques heures plus tard, une idée lumineuse avait jailli, dans les toilettes, au détour d'une lecture attentive du dernier numéro de *Gala*. Les disques patienteraient. Les nationales aussi. Elle avait prévenu Domingo, qui avait tempêté, jusqu'à ce que son bon cœur ne reprenne le dessus et qu'il lui donne sa bénédiction. Le soir même, elle embarquait Roméo, Micheline Ostermeyer, et quittait Marseille pour retrouver Lucien à Montpellier.

*

Et voilà qu'elle se trouvait là, assise face à cette espèce de mollusque qui la fixait avec abattement. Cristalline but une longue gorgée de bière en dévisageant son frère. Mine de corbac, joues creuses… Ses cheveux avaient poussé depuis la dernière fois. Son regard ténébreux s'était teinté d'une tristesse profonde. Toujours aussi beau gosse, cela dit, quoique plus maigre. Lui jadis si enthousiaste, toujours partant pour la suivre dans ses idées folles, semblait avoir perdu tout espoir. Mais elle ne s'avouerait pas vaincue. Non, elle ne remballerait pas sa cape.

— Alors ? reprit-elle d'une voix insistante. Tu crois vraiment que mon don pour te sortir des situations foireuses dans lesquelles tu te fourres s'est envolé avec l'âge ?

Un petit sourire retroussa les lèvres charnues de Lucien.

— Je suis certain que tu excelles encore dans ce domaine. Mais là, c'est mission impossible. Je ne peux pas retrouver mon job.

— Et tu vas continuer à te lamenter ?

— C'est une idée... lança-t-il mollement.

Cristalline réprima un soupir.

— C'est ici que tu vis, maintenant ? demanda-t-elle en contemplant l'atelier de son frère.

Seuls les deux fours de cuisson, étincelants, tranchaient avec le désordre et la saleté qui envahissaient les lieux. De vieux journaux, des paquets de chips éventrés et des cannettes de Coca vides jonchaient la table basse et le sol. L'évier était plein à ras bord de vaisselle graisseuse et il y avait des cartons partout. On aurait dit un repaire de toxico ravagé par un ouragan de force 9.

— Oui, Lolitta voulait me laisser l'appartement, mais j'ai refusé. Je crois que j'aurais imaginé en boucle son bellâtre s'y promener. Je suis bien ici.

— C'est vrai que tu as l'air drôlement épanoui, le railla Cristalline. Un vrai soleil !

Lucien s'empara de la capsule de bière posée à ses côtés et la lança dans sa direction. Cristalline l'attrapa au vol sans aucune difficulté.

— Bon. Résumons la situation. Je dépéris. Tu viens me sauver.

Il avait prononcé la dernière phrase d'un ton légèrement ironique. Renonçant à la tentation de lui rappeler que c'était déjà arrivé une bonne dizaine de fois, Cristalline se contenta de lui adresser son sourire le plus efficace, celui qui trouvait immanquablement le chemin de son cœur : toutes dents dehors, à s'en faire mal aux gencives.

— C'est exact ! acquiesça-t-elle d'un ton décidé. Alors tu m'écoutes maintenant. On ne va pas tourner autour du pot cinquante ans. Il est tard, j'ai conduit longtemps. Je…

— Maman !

La voix de Roméo lui parvint, étouffée, tellement rare depuis deux semaines, et retarda la Grande Annonce. Cristalline le rejoignit vers la table de travail, s'agenouilla près de lui et enveloppa le corps fluet de son fils dans ses bras imposants.

— J'ai sommeil, souffla-t-il en bâillant.

— Il a dîné ? interrogea Lucien.

— Il a dévoré trois sandwichs dans la voiture. Tu as de quoi dormir ? répondit Cristalline.

— Bien sûr.

Il les conduisit dans la pièce exiguë qui jouxtait l'atelier, ébouriffant au passage la chevelure de son neveu. Puis il pointa du doigt le matelas posé au sol, aux draps défaits et pas très nets. Micheline

Ostermeyer grogna sur Lucien, qui se retira prudemment, avant de se précipiter sur le lit. Elle tourna sur elle-même une dizaine de fois, se laissa tomber lourdement et cala son museau entre ses pattes, attendant son petit maître, qui ne bougeait pas.

— Tu veux que j'aille chercher ton sac ? demanda Cristalline. Tu veux mettre ton pyjama ?

Roméo déclina ses propositions d'un hochement de tête. Il s'allongea auprès de Micheline Ostermeyer, qu'il serra contre lui comme un doudou. Cristalline s'approcha et embrassa sa joue lisse. Il enroula les bras autour de son cou, trop brièvement, puis les laissa tomber pour à nouveau enlacer la petite chienne blottie contre lui.

— Je t'aime, mon Roméo, lui chuchota Cristalline.

Il lui lança un regard triste.

— Je sais, maman, murmura-t-il. Moi aussi.

Cristalline soupira en se levant. Avant d'éteindre la lumière, elle contempla une dernière fois son garçon, l'angoisse au creux du ventre. Que s'était-il donc passé pour le rendre si triste ?

Lorsqu'elle retrouva Lucien, celui-ci avait déposé deux nouvelles bouteilles sur la table. Il l'observa avec sollicitude.

— Le petit va bien ? Tu sembles soucieuse.

— Je le suis, murmura Cristalline.

Lucien fronça les sourcils.

— Je ne suis pas spécialiste en mômes, loin de là. Mais de toute évidence quelque chose ne tourne pas rond. C'est quoi, le problème ?

— Je n'en ai aucune idée, c'est ça *le problème*, dit-elle en s'asseyant près de lui sur le canapé.

Lucien tapota son dos, tout doucement. Il avait toujours su écouter.

— Raconte-moi, insista-t-il.

— C'est arrivé il y a un mois. Un après-midi, l'école m'a appelée. Il était malade et vomissait tripes et boyaux. Je me suis précipitée pour le récupérer. Il était pâle comme un linge, ne disait pas un mot et semblait à bout de forces. Au fond, j'étais convaincue que c'était sérieux. C'est un truc que les mères sentent, un radar invisible, si tu préfères… On a filé chez le docteur, qui nous a renvoyés à la maison pour qu'il se repose. Trois jours après, il ne vomissait plus, mais ne mangeait toujours pas et buvait à peine. Affolée, j'ai cru à quelque chose de grave. Direction les urgences. Il a passé toute une batterie de tests : bilan sanguin, radios… Rien. Il allait bien, mais il allait mal. Ses éclats de rire avaient disparu, son sourire s'était effacé. Finalement, je l'ai renvoyé à l'école. Pas de changement depuis. Il ne se confie plus, se contente de fixer son assiette au lieu de la dévorer, se traîne au lieu de courir. Il est tout le temps triste.

Une lueur d'inquiétude passa dans les prunelles de son frère.

— Tu en as parlé avec sa maîtresse ?

— On s'est rencontrées, oui. Elle a remarqué qu'il s'excluait lui-même des jeux des autres… Il a toujours de bons résultats et il est attentif en classe. Il a juste perdu son entrain.

— Et quand tu en discutes avec lui ?

— Il affirme que tout va bien. J'ai tout essayé : la douceur, la menace… Rien ne fonctionne.

— Tu crois que ça pourrait être lié à Corentin ?

Au moment où il avait prononcé ce prénom, la mâchoire de Lucien s'était contractée. Il détestait Corentin et l'avait toujours trouvé immensément stupide.

— Rien à voir avec son père, assura Cristalline. Cet abruti le prend comme prévu, aux horaires prévus, et tout semble marcher comme sur des roulettes quand il est chez lui.

Lucien fronça les sourcils.

— J'hésitais à l'emmener chez le psy, poursuivit Cristalline. Mais c'est peut-être un peu prématuré. Je ne sais pas… Je crois qu'il nous faut changer d'air, tout simplement. Il est en vacances, autant en profiter pour voir du pays, non ?

— Je suis persuadé que ça lui fera du bien, répondit Lucien, sincère. Où comptez-vous aller ?

— Formulation incorrecte : où comptons-*nous* aller ? Écoute, j'ai besoin de toi comme tu as besoin de moi. Si ce voyage ne remet pas Roméo sur pied, j'ignore ce que je ferai.

Tendre et solennel, Lucien serra sa grande main dans la sienne.

— Je te sauve si j'accepte. Tu me sauves si j'accepte, c'est ça ? résuma-t-il sans la lâcher du regard.

— Pigé !

Lucien acquiesça sans protester, cette fois.

Cristalline but une gorgée de bière, repoussa son angoisse, les larmes qui menaçaient de se pointer, et commença à lui exposer son plan génial.

Chapitre IV

Cristalline

— Tu es complètement folle ! s'écria Lucien.

— Lucien, voyons ! Je te parle de partir à Londres, pas de faire le tour du monde à la voile, rétorqua Cristalline, en songeant à quel point son frère manquait parfois de fantaisie et de témérité.

— Comme si tu comptais te contenter d'une tournée des pubs et d'une visite de Big Ben… Tu es complètement folle, répéta Lucien.

Combien de fois allait-il le rabâcher ?

— Et toi froussard ! s'impatienta-t-elle.

Ils s'affrontèrent un instant du regard.

— Investir Buckingham Palace, ça te semble sensé ? lâcha finalement Lucien avec un air supérieur qui donna envie à Cristalline de lui arracher les yeux.

— Oui. Surtout pour que tu deviennes Grand Févier. Cela dit… « Févier royal » ne manque pas de panache non plus. Tu décideras avec elle.

— Elle… répéta-t-il, en levant les yeux au ciel.

— Si peu d'enthousiasme, alors qu'on parle de *la* reine Élisabeth !

— Tu délires complètement ! protesta Lucien en s'agitant. Comment comptes-tu que je devienne... Grand Févier ? Écoute, je veux bien vous accompagner, faire un petit voyage sympa, t'aider avec Roméo, mais...

— La reine d'Angleterre est une fan inconditionnelle de galette à la frangipane, l'interrompit Cristalline avec impatience. Elle en déguste tous les jours, et plutôt deux fois qu'une : au petit déjeuner, au goûter et même avant d'aller se coucher...

— On peut savoir d'où tu tiens ça ?

— *Gala*, évidemment. Page 44, numéro de janvier.

— Et ?

Ce qu'il était obtus !

— Tu penses vraiment que Sa Majesté se contente de fèves Disney en plastique ? Bien sûr que non ! Élisabeth est une femme de goût. Elle désire donc des créations délicates, façonnées avec amour et savoir-faire... Par le dernier févier de France, par exemple.

De toute évidence, Lucien considérait qu'elle avait perdu la tête. Il s'adressa à elle avec précaution, comme à une dangereuse criminelle qu'on souhaite maîtriser.

— Et comment comptes-tu organiser ma... rencontre avec la reine ?

Il tentait de débusquer les failles de son plan et avait tiré en plein dans le talon d'Achille du projet Buckingham. Cristalline hésita, mais joua finalement la carte insolente de l'assurance – sa préférée.

— J'avoue que c'est la partie improvisation de l'affaire. Mais on y arrivera. Les doigts dans le nez. *Frenchy freestyle*.

— Et tu n'as rien de mieux à faire ? Je veux dire des compétitions ? Des entraînements ?

— Pas avant une semaine. J'ai obtenu un repos.

Lucien soupira.

— C'est dingue… murmura-t-il.

— N'est-ce pas ? renchérit Cristalline. Domingo aurait pu m'accorder un peu plus que six misérables jours !

Lucien la dévisagea comme si elle avait définitivement quitté le camp de la raison.

— Je parle de ton plan ! corrigea-t-il d'un ton impatient. Ça ne marchera jamais.

— Bien sûr que si ! le contredit Cristalline avec vigueur, alors que son frère soufflait comme un bœuf. *Le clan des invincibles* est de retour !

— Le clan des invincibles, c'était quand on avait dix ans…

Oui, et elle s'y voyait encore : Lucien se tenait le nez tandis que de grosses gouttes ensanglantées jaillissaient à travers ses doigts. Cristalline, couettes de travers, œil au beurre noir, avait posé sa main sur son épaule. Il avait sursauté, puis, l'apercevant, avait souri douloureusement.

— Je leur ai donné la leçon de leur vie. Ne t'inquiète pas, avait-elle affirmé avec fierté.

Elle s'était assise à ses côtés et avait épousseté la veste de son frère.

— Ils m'ont fait mal, avait-il gémi.

— Je m'en occupe. Fais-moi voir un peu ces genoux !

Elle avait craché dans sa paume, répandu sa salive sur les égratignures, puis sorti un BN en miettes de sa poche.

— Tiens ! Si tu le manges, je te confie un secret.

Lucien l'avait contemplée avec curiosité.

— Quoi ? avait-il demandé en croquant le biscuit.

— Tu ne le sais pas encore, mais toi et moi, nous sommes invincibles.

— On fait bien semblant alors, avait répondu Lucien, dubitatif, en se collant son mouchoir dans la narine.

— Si, si. Je t'assure.

Elle s'était emparée d'un caillou posé devant elle et l'avait profondément enfoncé dans son tibia. Le sang avait jailli.

— Regarde ! Même pas mal ! *In-vin-cible* ! avait-elle conclu avant de se lever et de lui prendre les mains pour le redresser…

— Le clan des invincibles ne meurt jamais ! lança-t-elle en riant, bière en l'air. « *Les assiettes cassent, mais les invincibles jamais ne trépassent !* »

Lucien sourit et son regard se voila.

— La devise que papa nous avait forgée. Lui et ses assiettes…

Cristalline se souvenait de tout comme si c'était hier : cette excitation qui la gagnait, lorsqu'elle était enfant, à mesure qu'approchait la fin de l'école. Elle trépignait en attendant la cloche qui lui permettrait de s'échapper et d'oublier les chiffres, les textes, les rois, les frises chronologiques et leurs dates qu'elle peinait à retenir, toutes ces choses qui encombraient son esprit, qui s'y mélangeaient. Leur père se trouvait là, le nez collé aux grilles, aussi impatient qu'eux. Quand il les apercevait, il écrasait sa Gitane et sa moustache frémissait.

— Salut, les invincibles !

Il déposait un rapide baiser sur leurs joues à l'odeur de craie, les prenait par la main. Tous trois marchaient d'un bon pas, presque en courant, jusqu'à la Super 5 bleue. Ravi, il plaçait Lucien et Cristalline devant le coffre, puis se figeait dans une pose de prestidigitateur. Un, deux, trois… Ils comptaient à l'unisson avant de l'ouvrir. Le gros tas d'assiettes apparaissait, sous les applaudissements à tout rompre des enfants. Elles étaient toujours différentes : en porcelaine, en terre, certaines toutes simples, d'autres délicatement ouvragées… Cristalline sentait encore la chaleur sur ses joues et son cœur battre la chamade. Leur père les embarquait ensuite, direction la forêt du Renard, Pink Floyd à fond les ballons : la même cassette à chaque fois. Cristalline ouvrait la portière avant que la voiture ne soit arrêtée. Lucien, plus calme, détachait sa ceinture avec toujours beaucoup de précaution.

Devant le grand chêne, Papou déroulait sa « *Bâche maligne* », l'une de ses folles inventions, une toile de plastique immense qui se pliait en un tour de main. L'ancêtre de la Quechua, à l'envers et en plus intelligent. Il traçait ensuite un trait à quelques mètres de l'arbre et distribuait les assiettes. Puis d'un ton surexcité, s'exclamait : « Que la fête commence ! » Il passait le premier, « Les vieux d'abord », affirmait-il en poussant ses enfants derrière lui. Il effectuait une chorégraphie à la fois loufoque et très élaborée, puis lançait ses assiettes avec une précision admirable. Venait ensuite le tour de Cristalline : elle tournait trois fois sur elle-même et les envoyait avec une force démentielle. Ses projectiles allaient souvent se briser bien au-delà du grand chêne. Lucien, quant à lui, traitait ses assiettes avec une certaine douceur : elles atterrissaient mollement sur les aiguilles de pin, à peine ébréchées.

— Plus fort ! hurlait Cristalline. PLUS FORT !

Mais Lucien refusait d'un signe de tête et s'écartait. Il trouvait toujours un repère de fourmis ou de chenilles à observer patiemment jusqu'à ce que Cristalline et Papou le rejoignent, satisfaits. Lorsqu'ils rentraient, gloussant et comparant leurs performances, leur mère calait ses mains sur ses hanches dans un geste de désapprobation et lâchait, l'air pincé :

— Allez vous laver, bande de crasseux dégénérés !

— J'ai l'impression que c'était hier, répondit Cristalline avec un rire heureux.

— Tu m'étonnes ! Tu adorais ça ! Moi, ce que je préférais, c'était le rejoindre dans son atelier. Le soir, tu t'endormais comme une souche alors que j'étais incapable de fermer l'œil. Je descendais sans faire de bruit pour le retrouver. Il ne se fâchait pas, ne m'infligeait jamais de longs discours sur la vie, les gens et ses inventions. Non, il m'écoutait. Je le revois se redresser et caler ses lunettes sur son front…

— Il les a cherchées une paire de fois, alors qu'elles étaient vissées sur son crâne ! s'exclama Cristalline.

Lucien gloussa doucement. L'image de leur père, la mine perdue, le cheveu fou, cherchant ses « béquilles d'œil », comme il les appelait, se glissa entre eux.

— Il me montrait ses nouvelles inventions, m'expliquait les mécanismes…

— Le robot nettoyeur de vitres, pouffa Cristalline.

— Les parapluies de chaussures !

— Le stick à beurre…

Ils sourirent tous les deux.

— Les pantoufles balayettes…

Cette fois, frère et sœur rirent franchement.

— Les jambes de sirènes…

Brusquement, toute gaieté s'envola et le cœur de Cristalline se serra. Son père lui manquait encore, après toutes ces années.

— Comment lui qui était si prudent a-t-il pu en mourir ? Comment a-t-il pu penser une seconde que ça marcherait ? reprit Lucien d'une voix pleine de rancœur. Tout ça pour finir électrocuté dans des nageoires de sirène, au milieu d'une piscine, alors que tu n'avais que douze ans, et moi onze ?

S'il savait…

— Je l'ignore, mentit Cristalline, culpabilité vissée au cœur. Tu lui en veux encore ?

Les épaules de Lucien s'affaissèrent et son regard s'adoucit.

— J'aurais aimé profiter de lui plus longtemps…

Le silence s'installa entre eux. Ce fut Lucien qui embraya, après avoir pris une longue inspiration et s'être composé un visage de circonstance :

— Alors, ce voyage ? Je te connais. Je suppose que tu as déjà tout prévu ?

Soulagée de changer de sujet, Cristalline acquiesça.

— Bien vu ! On décolle demain matin. À neuf heures, on passe récupérer Maguelone B. au centre de Montpellier.

Lucien sembla à la fois intrigué et irrité :

— Maguelone B. ?

— Notre passagère Blabla Car, expliqua Cristalline.

— Donc on va se coltiner une passagère en plus ?

— Deux ! corrigea-t-elle avec enthousiasme, tâchant d'ignorer son air désapprobateur. « Twix » nous rejoint ensuite à Lyon. On fera le voyage jusqu'à Londres tous ensemble.

— Twix ? Je… De mieux en mieux !

— Écoute, Lucien, le trajet coûte cher, Corentin a du retard pour payer la pension alimentaire et j'ai plutôt intérêt à me serrer la ceinture, en ce moment. Arrête-moi si je me trompe, mais tu ne m'as pas l'air de rouler sur l'or non plus. Alors nous avons besoin de ces passagers. Et puis, j'aime bien le covoiturage, moi. Surtout, je suis certaine que ça pourrait être distrayant pour Roméo de voir un peu de monde !

Désormais, Lucien s'étouffait dans sa barbe. Mais Cristalline s'en moquait éperdument : elle connaissait son frère mieux que personne, et il était sur le point de capituler.

— Bon… Alors ? Partant pour une folle aventure ? demanda-t-elle, le cœur battant la chamade.

Lucien hésita, jeta un coup d'œil vers sa table de travail, vers la colle, vers les fèves, puis but une gorgée de sa bière. Lorsqu'il la reposa, il haussa les épaules.

Cristalline brandit un poing victorieux : c'était un oui.

Chapitre V

Lucien

— Allez ! Avance, coco ! Bon sang, la reine Élisabeth irait plus vite à pied…

Cristalline était l'incivilité au volant en personne. Appels de phares, distance de sécurité réduite à un millimètre : elle ne lésinait pas pour que le pauvre pépé de devant, dans son utilitaire, accélère.

— Cristalline ! On est en centre-ville. Détends-toi, par pitié !

Elle l'ignora royalement et doubla alors qu'une voiture se pointait en face. Lucien retint sa respiration et s'accrocha à son siège. Il devait trouver le moyen de prendre le volant ou ils n'y survivraient pas. Ils étaient partis depuis quarante minutes et sa sœur avait déjà enfreint au moins cinquante-quatre fois le Code de la route. Le mec klaxonna copieusement et Cristalline se rabattit en grognant.

Elle conduisait légèrement penchée vers l'avant, aussi concentrée qu'un pilote de Formule un.

Lucien soupira.

Et dire que la veille, le « projet Buckingham » lui avait paru convaincant… voire même relever du génie lorsqu'ils avaient entamé leur troisième pack de bières ! À présent, il en avait conscience : c'était de la pure folie. Jamais Lucien ne finirait Grand Févier. Enfin… s'ils arrivaient en Angleterre en un seul morceau, ce qui tiendrait déjà du miracle. Le pauvre Roméo avait le teint verdâtre de ceux qui ont pour meilleur ami un sac à vomi. Micheline Ostermeyer ne cessait de passer sa gueule entre les sièges avant pour grignoter le levier de vitesse, répandant son haleine fétide dans l'habitacle.

— Voilà, on y est ! Rue du Moulin. Maguelone B. doit nous attendre au 32, devant une maison rose.

Cristalline vira brusquement à droite et le visage de Lucien se cogna contre la vitre.

— Surveille les numéros, qu'on ne la rate pas !

— Avance, on n'y est pas encore.

— Au fait, tu as pensé à ta brosse à dents ?

Cristalline avait la capacité de passer du coq à l'âne avec une facilité déconcertante.

— On est toujours une obsessionnelle du brossage, à ce que je vois, rétorqua-t-il en gloussant. Trois fois par jour au bas mot ?

Il pivota vers Roméo.

— Ta maman te martyrise avec ça, non ? Est-ce qu'elle te raconte d'horribles histoires de caries qui ont mal tourné ? Elle me faisait le coup quand on était mômes !

Roméo lui lança un pâle sourire avant de se détourner.

— Je ne le *martyrise* pas, intervint Cristalline. Je lui évite des séances de torture chez le dentiste. En somme, je suis une mère consciencieuse.

Micheline Ostermeyer jappa en direction de Lucien, l'air d'approuver totalement sa maîtresse.

Sale cabot !

Numéro 28, 30…

— C'est là ! Le 32 !

Cristalline pila devant la maison rose.

Et ce fut comme une apparition.

Deux individus gesticulaient sur le pas de la porte, mais Lucien ne prêta pas attention au grand gaillard qui tempêtait. Non, il ne vit qu'*elle* : Maguelone B., une petite brune toute fluette qui semblait furieuse. Son interminable et large tresse se balançait dans son dos à chaque mouvement. Elle était vêtue d'une robe légère ainsi que d'un immense gilet, qu'on devinait trop grand pour son corps frêle. Son écharpe s'était déroulée et pendait le long de ses cuisses. Chacun de ses gestes était empreint d'une grâce folle. Elle était tellement belle. Lucien plissa les paupières pour apercevoir son visage plus nettement, mais sa myopie – que ses lentilles périmées n'arrangeaient pas – ne lui permit pas de distinguer ses traits de manière précise. Elle semblait être dans une colère noire. Elle lançait ses mains vers le ciel et piétinait. En boitant d'ailleurs. Et pourtant, elle avait l'allure d'une danseuse. Lucien ne voyait qu'une explication possible : cette fille devait être une fée.

Les doigts de Cristalline, agités devant ses yeux, sortirent Lucien de son hypnotisme.

— Eh ! Lulu ! s'écria-t-elle. Tu es avec nous ? Je suis sûre que c'est elle, et on dirait que ça chauffe.

Lucien se mit à observer l'homme qui faisait face à la fée. Il s'agissait probablement d'une dispute d'amoureux. Le mec était balèze, avec des biceps à faire pâlir un adepte du culturisme. D'ailleurs il portait juste un tee-shirt alors qu'il faisait un froid de gueux – c'était fait exprès, à n'en pas douter. Mais ce furent ses pieds qui attirèrent l'attention de Lucien : de vraies péniches ! À vue de nez (ou plutôt d'orteils), le type chaussait probablement un bon 48.

— Ouvre la fenêtre, appelle-la ! ordonna Cristalline.

Lucien s'exécuta en quatrième vitesse.

— Mademoiselle ! la héla-t-il d'une voix de stentor. Mademoiselle !

Elle ne l'entendit pas, trop occupée à incendier son compagnon :

— Laisse-moi ou je porte plainte pour harcèlement, je le jure ! Je trouve un agent, je lui raconte tout, et crois-moi, tu ne t'en sortiras pas comme ça !

Elle s'écarta de Grands Panards, puis se dirigea vers la voiture. Lucien la voyait maintenant nettement. Elle avait des joues rondes et très roses, une bouche pulpeuse, colorée, et un adorable nez retroussé.

— Mademoiselle ! tenta à nouveau Lucien, un ton plus haut.

Peine perdue. Grands Panards avait braillé en même temps que lui et l'avait rejointe en deux enjambées, lui attrapant fermement le bras.

— Je ne te lâcherai pas tant que tu ne retrouveras pas la raison ! cracha-t-il d'un air méprisant. Partir vivre en Angleterre ? Tu rêves, ma petite. Tu vas rester ici et me donner une nouvelle chance !

— Hors de question ! Tu n'es qu'un égoïste ! Désormais, c'est à mon tour de l'être ! JE TE QUITTE. En fait, non ! Ça fait un mois que je t'ai quitté, mais tu ne veux toujours pas le comprendre ! explosa-t-elle avant d'enchaîner sur une longue tirade.

— Elle ne t'entend pas, constata sa sœur.

— On intervient ? suggéra Lucien.

— Ou on les laisse finir tranquillement ? hésita Cristalline. Je ne sais pas si c'est correct de s'immiscer dans une prise de bec de couple.

Lucien l'écoutait à peine, trop absorbé par la scène : écarlate, Grands Panards serrait nerveusement les poings. Soudain, il s'empara de la valise posée par terre et se dirigea vers la maison. Maguelone se jeta sur lui et agrippa son bien pour le récupérer. Grands Panards allongea alors brusquement le bras, qui percuta la jeune femme au ventre. Celle-ci se figea un instant avant de s'effondrer sur le trottoir, pliée en deux.

Le pouls de Lucien s'emballa et sa vue se brouilla. La scène qui se déroulait sous ses yeux faisait monter en lui une colère sourde. En tant qu'ex-souffre-douleur de cour d'école, il ne supportait pas la violence. Il devait agir. Sans plus attendre, il ouvrit la portière de la voiture à la volée… Mais une main posée sur son bras le stoppa dans son élan. Cristalline, évidemment. Elle le regardait avec inquiétude.

— Lucien, sans vouloir te vexer… Tu ne fais pas le poids. Je m'en charge ?

Aveuglé par son désir de vengeance, Lucien obéit à son impulsion et se dégagea. Non, Cristalline ne s'en occuperait pas. Il était temps de donner une bonne leçon aux brutes épaisses de ce monde, à ceux qui causaient avec leurs poings. En outre, il était temps de mettre une raclée à Grands Panards, qui avait déjà atteint le seuil de sa maison.

Il vit à peine Micheline Ostermeyer bondir du véhicule pour aller lever la patte contre un réverbère et n'entendit que de loin les protestations de sa sœur. Un glorieux destin l'attendait : vaincre le colosse et sauver une belle demoiselle en détresse. Il descendit de la voiture, avança jusqu'à se tenir face à Maguelone et tendit la main pour la relever.

— Vous tenez le coup, mademoiselle ?

Elle lui lança un regard de gratitude. Lucien se sentit rougir jusqu'aux cheveux.

— Ça ira. Merci…

Il s'inclina. Elle sourit. Un sourire à tomber par ter…

— Allez, arrête ton cinéma et rentre à la maison.

Évidemment, Grands Panards venait d'interrompre leur instant de grâce pour apostropher Maguelone sans même prendre la peine de se retourner. Quand il constata qu'elle ne répondait pas, il fit volte-face et dévisagea Lucien, un rictus mauvais étirant les coins de sa bouche parfaite.

— Toi, lâche-la, exigea-t-il d'un air méprisant.

Lucien ne baissa pas les yeux. L'heure était venue.

— Et si je n'en ai pas envie ? répliqua-t-il d'une voix assurée.

Maguelone pressa son bras de ses longs doigts très blancs.

— Il fait de la boxe depuis dix ans, chuchota-t-elle, la mine effrayée. Vous finirez en porridge si vous l'affrontez.

Lucien eut une brève vision de lui en bouillie vermillon et tressaillit avant de se ressaisir. Il ne serait pas réduit en pièces. David et Goliath, elle connaissait ?

Grands Panards attendit. Lucien l'imita. Grands Panards avança. Lucien en fit de même.

— Il me semble que cette demoiselle ne veut pas rester. D'ailleurs, elle est censée partir avec nous.

Grands Panards rit et fit un geste de la main, comme on chasse une vilaine mouche.

— Casse-toi, microbe.

Microbe ? Ah oui ?

— Tu sais ce qu'il te dit, le microbe ?

Grands Panard plissa le nez, fronça ses sourcils broussailleux (mais à la ligne parfaite). Il s'approcha près, très près : son front se colla presque à celui de Lucien, qui n'avait jamais compris cette sorte de parade amoureuse entre deux mecs qui s'apprêtent à s'empoigner, et trouvait cela ridicule. Mais il joua le jeu, ne céda pas. Au contraire, il redressa la tête pour plonger son regard dans celui de Grands Panards.

— Tu veux te battre ? cracha ce dernier avec hargne.

— S'il faut en passer par là, oui, répliqua Lucien, qui, malgré une peur de tous les diables, se tenait prêt. Mais je ne pense pas que ce soit nécessaire. Nous avons rendez-vous avec cette demoiselle. D'après ce que j'ai compris, elle vous a quitté. Laissez-la tranquille et donnez-moi sa valise.

L'autre ne bougea pas d'un pouce.

— Hors de question.

À la guerre comme à la guerre… Il faudrait donc mouiller le maillot.

Quand il empoigna le bagage, Grands Panards résista. Et ils se mirent à tirer, tirer, tirer encore, comme au jeu de la corde auquel Lucien, enfant, n'avait jamais gagné. Mais, cette fois, il était déterminé à en découdre.

Après tout, il avait lu quelque part qu'en cas d'urgence l'humain pouvait mobiliser des forces extraordinaires – genre soulever un camion. En théorie, il était capable de vaincre. Il lutta donc de toutes ses forces jusqu'à ce que son adversaire devienne blême et grimace affreusement. Il semblait soudain à l'agonie. Malheur ! Était-il victime d'une crise cardiaque ?

Tout de même, Lucien ne souhaitait pas l'achever ! Il avait certes rêvé d'en finir avec les brutes épaisses, mais c'était une image et…

Grands Panards hurla de douleur.

— Oh non ! s'écria Lucien.

Puis il baissa les yeux, avant d'éclater de rire.

Loin d'être sur le point de passer l'arme à gauche, son farouche ennemi venait en fait d'être victime de Micheline Ostermeyer, intervenue pour lui dévorer la jambe avec une félicité non feinte. Ce chien n'était finalement pas si abominable ! Grands Panards lâcha la valise et Lucien la rattrapa au vol. Mais il n'eut pas le temps de se réjouir de sa victoire : déséquilibré, il bascula en arrière. Son crâne heurta le trottoir et le bagage lui échappa. Alors que la terre se mettait à tourner autour de lui, des petites culottes satinées et des bas travaillés s'envolèrent dans un coup de vent. Tout était beau, fin et coloré, et se détachait sur le ciel gris, comme une nuée délicate, un rêve éblouissant…

Une portière claqua, un hurlement et des aboiements retentirent… Puis, ce fut les étoiles, et le trou noir.

Chapitre VI

Lucien

Une douce caresse réveilla Lucien, qui revint à la réalité avec difficulté. Avait-il rêvé ce formidable ballet aérien de culottes ? Était-ce le produit de son imagination délirante ou de sa gueule de bois sévère ?

Il ouvrit péniblement les yeux. Non, il avait affronté Grands Panards. Tout cela était bien réel. Un visage soucieux le scrutait : traits fins, bouche en cœur, iris bruns et joues rondes, Maguelone se trouvait à vingt centimètres de ses lèvres. Un léger mouvement, un infime sursaut et il aurait pu atteindre les siennes, qui seraient, à coup sûr, exquises. Baissant le regard pour apaiser cet élan inapproprié, Lucien tomba droit sur son décolleté. Elle se tenait penchée, lui offrant une vue imprenable sur ses deux minuscules seins emprisonnés dans de délicats triangles de coton rose ainsi que sur sa gorge parsemée d'infimes grains de beauté très noirs. Lucien perçut simultanément les pulsations douloureuses de son crâne et le désir qui l'envahissait. Il remua pour se lever, mais la jeune femme l'en dissuada.

— Ne bougez pas. Vous vous êtes évanoui.

Sa voix lui parvenait, douce, légère à travers les vociférations et l'agitation non loin... De quoi s'agissait-il, au juste ? Lucien tenta de tourner la tête pour en découvrir l'origine, mais renonça. Sa nuque le faisait affreusement souffrir. Si seulement les doigts frais de Maguelone pouvaient s'y poser... Sûr que tout irait mieux. La vie s'en trouverait moins terne ; le monde, meilleur.

— Comment vous sentez-vous ? reprit-elle avec sollicitude.

C'était une bonne question. Lucien esquissa un sourire brave, mais, au regard affolé qu'elle lui lançait, il s'agissait probablement plus d'un rictus douloureux.

— Cotonneux, murmura-t-il.

— Avez-vous des vertiges ou...

Un hurlement sauvage interrompit la jeune femme et réveilla tout à fait Lucien, qui se dressa malgré les protestations de son corps et fit face au... chaos : Cristalline se tenait à califourchon sur Grands Panards, qu'elle avait plaqué ventre à terre. La joue écrasée sur le béton, celui-ci grognait en tentant de dégager son bras immobilisé par le genou de son impétueuse adversaire. Micheline Ostermeyer les contemplait benoîtement, la langue pendante. Elle jappait comme pour applaudir sa maîtresse.

Le type n'avait pas eu accès à toute l'équation avant d'affronter Lucien : quiconque touchait à un seul de ses cheveux récoltait le poing de sa sœur, ou pire.

Incongru, le souvenir surgit... Enfant, Lucien était insomniaque. Il était donc censé faire la sieste, mais résistait de toutes ses forces. Quelle corvée ! Qui avait imaginé ce rituel absurde l'obligeant à dormir en plein milieu de la journée ? C'était une aberration, un complot parental pour se débarrasser de lui, un acte égoïste dissimulé derrière cette stupide justification : « Le repos est bon pour la croissance. » Voilà comment gâcher des heures précieuses alors qu'il aurait pu chasser des papillons, pêcher des têtards, inventer d'horribles mixtures à base de terre, de coquilles d'escargots et d'herbes. Lucien avait glissé silencieusement hors de sa chambre et perçu les voix de son père et de Cristalline, installés dans le salon au rez-de-chaussée. Quelle injustice ! Parce qu'elle avait deux ans de plus que lui, elle échappait à l'assommant repos post-repas. Lucien s'était accroupi discrètement, le visage collé aux barreaux de l'escalier. Il avait humé l'odeur de la fumée de Gitane et les avait observés.

— Tu devras le protéger. Ton frère est trop sensible, trop doux, avait dit son père d'une voix grave en tirant une longue bouffée sur sa cigarette.

À ces mots, il avait caressé ses cheveux bruns et incroyablement frisés, puis avait étendu les jambes pour contempler ses nouvelles charentaises jaune et vert. Cristalline avait promis avant de demander quelques précisions :

— J'ai le droit de donner des coups de pied à ceux qui l'embêtent ?

— Oui. Bien placés, surtout.

— Des coups de tête ?

— Je ne valide pas totalement cette technique. Tu pourrais te faire une bosse ou déformer ton joli nez. On ne voudrait pas que tu ressembles à une catcheuse, n'est-ce pas, ma belle ?

— Un poing dans le ventre alors ? avait demandé Cristalline avec gourmandise.

— Absolument, avait répondu Papou paisiblement. Veille juste à ne pas trop les ratatiner, histoire que leurs parents ne nous collent pas un procès. Et ne dis rien à maman, tant qu'à faire.

— On lui ment ? s'était étonnée Cristalline avant de prendre une mine de conspiratrice.

— Jamais de la vie ! On omet juste de lui faire le compte rendu détaillé de cette conversation, c'est tout. Dieu sait que j'aime ta mère, mais avec sa manie des bonnes manières et sa rigidité… Comment veux-tu qu'elle comprenne le concept « œil pour œil, dent pour dent » ?

Leurs rires joyeux s'étaient mêlés, alors que Lucien se réjouissait. Si Cristalline distribuait des châtaignes à tous ceux qui venaient lui chercher des poux, ils stopperaient vite leur petit manège… Et il aurait enfin la paix.

*

Lucien chassa ce souvenir pour se concentrer sur le combat qui se déroulait devant ses yeux.

— Ah ! On se la joue moins fiérot ! éructait Cristalline sous l'œil des quelques badauds qui s'étaient arrêtés pour assister au spectacle.

Dressée ainsi, elle semblait chevaucher un étalon. Il ne lui manquait plus que le lasso et le *Yi-ha* en prime, et elle se transformait en rodéo-girl.

— Je jure que tu vas me le payer, grogna Grands Panards.

Cristalline lui écrasa le visage contre le sol. Visiblement, elle s'apprêtait à le broyer. Le pauvre homme devait déjà regretter ses paroles.

— Elle est en train de le massacrer, constata Maguelone d'une voix tremblante, en aidant Lucien à se redresser.

Oui. Il fallait stopper le carnage. Lucien esquissa un geste pour rejoindre les combattants, mais un toc-toc régulier attira son attention avant qu'il ne puisse intervenir. Il s'agissait de Roméo, toujours enfermé dans la voiture, qui cognait du poing contre la vitre. Il devait certainement paniquer, comme le ferait n'importe quel enfant de sept ans exposé à une telle boucherie.

Lucien plissa les yeux. Maudites lentilles ! Il se jura de prendre rendez-vous avec l'ophtalmo dès qu'il rentrerait et se précipita jusqu'au véhicule. Mais, distinguant mieux son neveu derrière la vitre, il constata que ce dernier ne s'affolait pas le moins du monde. Au contraire, il ne perdait pas une miette du spectacle et semblait finalement s'en amuser. Un franc sourire lui dévorait le visage. Ça alors ! Si Lucien avait su que la vision de sa mère se battant comme un chiffonnier pouvait lui redonner un peu de joie de vivre, il se serait volontiers sacrifié la veille pour que sa sœur lui octroie une raclée !

— Tout va bien, Roméo ? demanda-t-il tout de même. Ne t'inquiète pas. Il s'agit d'une broutille à régler. Ta maman ne risque rien. Je m'en occupe. Toi, tu restes tranquille ici, OK ?

Le petit garçon lui fit signe de se pousser. Le message était clair : son oncle lui gâchait la vue. Lucien rejoignit donc Maguelone, histoire de faire le point sur la situation avant de rejoindre l'arène.

— Que s'est-il passé ?

— Vous vous êtes évanoui !

— Et eux ? demanda-t-il en pointant le doigt vers sa sœur.

— Votre chien a mordu Jean-Pierre. Votre compagne a voulu intervenir et calmer le jeu. Il l'a repoussée brutalement.

— Mauvaise idée.

— Vous l'avez dit ! Elle l'a frappé. Il y a eu un joli ballet de pieds et de poings… On en est toujours là.

— Il ne s'agit pas de ma compagne. C'est ma sœur, se sentit-il obligé d'ajouter.

Cette précision lui semblait essentielle, mais Maguelone ne réagit pas, absorbée par le combat. En même temps, à quoi s'attendait-il ? Qu'elle lui saute dans les bras en lui murmurant qu'elle avait eu le coup de foudre-chabadabada et qu'elle souhaitait finir ses jours à ses côtés, à se reproduire sans fin, histoire d'avoir une ribambelle de beaux enfants ?

En attendant, Cristalline ne laissait aucun répit à son adversaire. L'affrontement était effectivement spectaculaire, mais Lucien devait tout de même y mettre un terme.

— Je vais intervenir, annonça-t-il d'un ton légèrement grandiloquent.

Il repoussa les badauds qui suivaient l'affaire avec intérêt devant lui (« Je parie sur la grande nana ! », « Et moi sur le type ! Qui te dit qu'il ne va pas se retourner et se défendre ! », « Dingue ce que les filles peuvent être vindicatives, de nos jours. Tu crois qu'il l'a trompée ? »), et se planta juste au-dessus de sa sœur.

— Cristalline ! la héla-t-il avec fermeté. Je crois qu'il faut qu'on s'éclipse, maintenant.

Elle ne lui prêta aucune attention, trop occupée à réduire le pauvre Grands Panards en bouillie.

— Alors ? T'en veux encore, mon gars ? éructait-elle.

Lucien fit un nouvel essai, argument de choc à l'appui :

— Cristalline ! Roméo te regarde.

La mention du nom de son fils fit mouche. Elle sembla l'entendre, cette fois-ci, et s'immobilisa, pile au moment où une grosse voix retentissait. Un policier se matérialisa derrière Cristalline. Il avait d'épaisses moustaches, une mèche recouvrant sans succès sa calvitie, et affichait un air important.

Il ne manquait plus que ça…

— Allons ! cria-t-il. Que se passe-t-il ici ?

Grands Panards profita de l'inattention générale pour dégager sa main et coller en douce une claque à Cristalline qui poussa un rugissement outré et fit peser son genou plus lourdement sur son adversaire.

— Je constate une agression physique ! Madame, veuillez libérer ce pauvre homme, s'indigna le policier en dégainant son carnet.

Cristalline ne bougea pas d'un pouce, ne daignant même pas se tourner vers l'importun.

— Refus d'obtempérer ! Je note un refus d'obtempérer ! piailla l'agent, qui jeta un œil à la cantonade, comme pour chercher de l'approbation.

Personne ne réagit. Le flic s'approcha aussi vite que le lui permettaient ses jambes potelées, et, avant que Lucien ne puisse prévenir sa sœur, ce fourbe attrapa les menottes accrochées à sa ceinture et les passa aux poignets de Cristalline avec une rapidité déconcertante. Elle rugit, se débattit, puis se leva et se contorsionna pour lancer un regard furieux au policier, qu'elle dépassait de deux bonnes têtes. Le petit bonhomme se figea.

Il devait avoir les jetons. Même entravée, il fallait bien avouer que Cristalline faisait peur.

Lucien tenta donc de calmer le jeu.

— Cristalline, arrête ton cirque, je t'en supplie.

— Tu t'occuperas bien de Roméo, jure-le-moi ! répliqua-t-elle, vaincue mais fière.

Lucien connaissait sa sœur par cœur : un sacré numéro, jamais à court de saillies grandiloquentes. Heureusement, il doutait un peu qu'on en soit vraiment là : ce moment, dans les films d'action, où le héros finit mal et fait promettre à son acolyte de prendre soin de sa femme/son fils/son chien avant de se sacrifier.

Un rire méprisant ponctua la tirade de Cristalline. Maintenant sur pied, cet abruti de Grands Panards faisait l'intéressant. Il prit une voix outrée et s'adressa à l'agent :

— Monsieur, j'étais avec ma petite amie. Nous nous disputions, certes, mais vous savez ce que c'est, une querelle d'amoureux… quand ces deux énergumènes sont venus nous agresser. Devant notre propre maison ! En plein jour ! C'est inadmissible ! J'exige que…

Mais le policier ne l'écoutait pas. Bouche bée, il fixait toujours Cristalline. Soudain, son visage vira écarlate et il se mit à bafouiller.

— Mon Dieu… Vous… Vous…

— Vous QUOI, espèce de gendarmette ? explosa Cristalline.

— Pourriez-vous décliner votre identité, madame ?

Tiens, il faisait des politesses, maintenant.

Cristalline roula des yeux outrés avant de s'agiter comme une forcenée.

— Vous ne pensez tout de même pas que je vais vous faciliter la tâche ?

— Pas besoin… rétorqua le flic, avec des trémolos dans la voix. Je crois savoir qui vous êtes. Vous êtes… Mon Dieu ! C'est un rêve éveillé. Vous êtes Cristalline Bigorneau ! Je suis originaire de Marseille, fan de l'Athletic Club, et je vous suis depuis maintenant quatre ans. Quarante-neuf mètres en lancer de disque aux dernières régionales ! C'était extraordinaire.

Silence. Blanc. Arrêt sur image. Cristalline se détendit, abandonna aussitôt son air de harpie et lui adressa un sourire indulgent.

— Eh oui, c'est bien moi, confirma-t-elle avec un clin d'œil. Mais permettez-moi de rectifier : j'envoie désormais à cinquante mètres.

Ni une, ni deux, l'agent la libéra, ôta sa casquette et s'inclina cérémonieusement devant son idole.

— Quelle joie de vous rencontrer… Je n'en reviens pas. Vous êtes mon héroïne ! balbutiait-il, rouge comme une pivoine.

— Enfin, monsieur, tempêta Grands Panards, excédé. Vous n'allez tout de même pas laisser filer cette hystérique !

Le policier lui adressa un signe de la main, très *mets-la-en-veilleuse-on-en-recause-plus-tard*, avant de tendre sa casquette à son idole.

— Me feriez-vous l'honneur de la signer, madame, s'il vous plaît ?

Cristalline dégagea une mèche de son front, s'empara du Bic qui dépassait de la poche de l'officier et s'exécuta avec un sourire charmeur. À les voir ainsi, il était difficile de croire que, quelques minutes auparavant, il la menottait et qu'elle l'insultait.

— Avec plaisir ! Comment vous appelez-vous ?

— Bill, souffla l'agent.

— OK. « À Bill, qui m'a sauvée des griffes d'un malfaiteur », déclara-t-elle avec délectation.

À ces mots, Grands Panards sembla s'étouffer de rage. Il grogna et tenta de filer à l'anglaise alors que le policier reprenait son képi avec la trombine d'un môme à qui l'on vient d'offrir un magasin de jouets. Ce n'est qu'après avoir serré la main de Cristalline qu'il remarqua l'absence de Grands Panards. Il scruta les alentours et aperçut le colosse pousser la porte de chez lui.

— Hé ! Pas si vite, monsieur, je n'en ai pas fini avec vous ! ordonna-t-il avant de le rejoindre.

Cristalline pivota vers Lucien et Maguelone, leur décochant un clin d'œil espiègle.

— Tout est bien qui finit bien ! Mais si vous voulez mon avis, il vaudrait mieux filer d'ici illico avant d'être embarqués pour une déposition au commissariat.

Sans hésiter, Maguelone empoigna sa précieuse valise et trotta jusqu'à la voiture.

— Merci Cristalline, murmura Lucien lorsque cette dernière parvint à sa hauteur.

— Tout le plaisir était pour moi ! railla sa sœur. Je manquais d'entraînement, justement.

— Maman, qu'est-ce qu'il avait fait, le méchant monsieur, pour que tu le ratatines comme ça ? demanda Roméo tout excité au moment où Cristalline ouvrait la portière.

Lucien et Cristalline échangèrent un regard ravi. Roméo parlait !

— Viens devant, mon chéri, je vais tout te raconter, dit-elle avec douceur. Mais sache d'abord que tu ne dois jamais, *jamais* imiter ta mère. La violence n'est pas une solution. Quant à toi, Lulu, file à l'arrière. Tu pourras faire connaissance avec la charmante demoiselle.

Lucien rougit jusqu'à la pointe des oreilles.

Lorsqu'il prit place à côté de Maguelone, Micheline Ostermeyer, bien sûr, choisit de poser son auguste derrière entre eux deux. Maudit cabot.

Chapitre VII

Roméo

Il avait le droit de s'asseoir devant ! Un éclair de contentement passa sur le visage du petit garçon. Roméo se dépêcha d'aller s'installer près de sa mère avant qu'elle ne change d'avis. Elle tira sur la ceinture, puis, lorsqu'elle l'eut attachée, elle se pencha et déposa un gros baiser sur sa joue.

— Je suis désolée de m'être emportée, Roméo. Excuse-moi, ce n'est pas un comportement que devrait adopter une maman, chuchota-t-elle à son oreille.

Oui, les autres mères ne collaient pas des baffes à des hommes dans la rue. Oui, la sienne était différente. Elle venait le chercher à l'école en jogging, rouge et décoiffée, avec ses cheveux tout frisés (surtout quand il pleuvait). Elle était rigolote. On aurait dit un clown. Sauf qu'elle était bien plus jolie et que son sourire ne sonnait pas faux, comme celui de ces drôles de bonshommes barbouillés de maquillage. Au contraire, il brillait comme un soleil. Roméo l'aimait tellement.

Les autres mères demandaient à leurs enfants s'ils avaient été sages. Sa maman à lui murmurait, avec un air de secret délicieux : « Fuyons d'ici ! La vraie journée commence ! » Ils riaient en chœur et elle se reprenait juste un petit peu : « Enfin… Je dis ça… Façon de parler ! L'école, c'est important, hein ? »

Parfois, la maîtresse regardait sa maman d'un air bizarre. Mais Roméo s'en fichait, car elle l'emmenait se régaler de frites pour le goûter, nager à l'heure de se coucher… Elle riait de ses jeans déchirés, ne lui disait jamais de manger moins vite, de finir son assiette, de ne pas mettre ses coudes sur la table…

En revanche, elle s'énervait souvent. Contre le frigo qui faisait du bruit, ou le moustique qui voletait près de ses oreilles, et bien d'autres choses. Mais jamais, jamais contre lui. Elle gardait pour lui les mots tendres, les yeux doux et la paume rassurante.

Il l'aimait à tel point qu'il en avait mal et parfois, avant de s'endormir, une peur panique le saisissait. Il craignait qu'elle ne meure comme ça, d'un coup, le laissant à la garde de son père. D'accord, ce dernier n'était pas méchant, mais Roméo avait l'impression qu'il se fichait complètement de lui. Peinant à calmer son pouls, il se glissait alors dans la chambre de sa mère à pas de loup, posait la main sur son cœur et vérifiait qu'il battait. Soulagé, il retournait se coucher, un peu plus confiant. Sa maman était une lionne. Elle ne pouvait pas mourir : c'était pour les gens normaux.

Roméo avait conscience qu'elle était triste à cause de lui. Il aurait voulu la consoler, mais ça signifiait être joyeux. Et ça, ce n'était plus possible. Pas pour le moment.

L'enfant la regarda à la dérobée. Elle parlait avec Maguelone. S'apercevant que Roméo la fixait, elle lui ébouriffa le crâne, leva le bras vers la poignée de la vitre coulissante séparant les sièges avant de ceux de derrière.

— Si ça ne vous dérange pas, j'ai envie d'être un peu seule avec mon fils ! dit-elle avant de les isoler des autres.

Elle était rigolote, cette vitre. Sa mère lui avait expliqué que cette voiture appartenait autrefois à son père, le fameux papi que Roméo n'avait jamais connu et qui était mort en sirène, d'après ce qu'on lui avait raconté. Ç'aurait été chouette de le rencontrer… Il était chauffeur de taxi, avant d'être un inventeur de génie.

— Raconte-moi l'histoire de la vitre, demanda-t-il d'un ton rêveur.

— Encore ? dit sa maman en lui adressant un sourire tendre.

Roméo acquiesça. Elle s'exécuta.

— Ton papi avait à l'époque une trentaine d'années. Il avait récupéré deux types sur l'avenue Gambetta, à Montpellier. Crois-moi, ils avaient l'air louche, avec leurs impers au col remonté. Mauvais signe, cette tenue. Indice qu'on est un loubard de première. Mais on ne refuse jamais une course. C'est une règle d'or chez les conducteurs de taxi. En bon professionnel, il leur a demandé où ils se rendaient. L'un des hommes, un grand brun, lui a répondu : « N'importe où, du moment que c'est un coin discret. » Ton papi a donc décidé de les emmener à la plage. Hors saison, c'était l'endroit idéal. Alors qu'il roulait, il entendait des mots inquiétants, comme « flingue », « lui rendre la monnaie de sa pièce », « chasse à l'homme ». Quand ils sont arrivés à destination, le brun s'est penché vers lui : « Vous nous avez écoutés. » Ton papi a tenté de protester, mais l'autre l'a interrompu. « Maintenant, nous allons devoir vous éliminer. » Alors qu'il avait une batte de baseball sous son siège, ton papi, paralysé par la peur, n'a pas été capable de s'en saisir. Le brun a plongé la main dans son costume pour dégainer un revolver. Il a compté jusqu'à trois… et il a tiré.

— Papi a été blessé ? demanda Roméo, le cœur battant aussi fort que la première fois qu'il avait entendu cette histoire alors qu'il la connaissait par cœur.

— Tu parles ! Une fleur en plastique a jailli du pistolet ! Il s'agissait en fait de deux étudiants en cinéma qui testaient leurs talents d'acteurs. Ton grand-père les a mis dehors à coups de pied aux fesses et a exigé le triple de sa course pour le traumatisme subi. Plus de peur que de mal ! Mais il a réfléchi et a pensé que peut-être, un jour, il tomberait sur des durs à cuire, des vrais de vrais. Comme il n'avait aucune envie de finir ses jours au fond d'un sac jeté dans le caniveau, il a installé cette vitre coulissante teintée ET blindée.

Roméo était friand des aventures, toujours un peu folles, de son papi. Sa grand-mère, en revanche, tenait le second rôle dans ces récits. À ce que Roméo avait pu comprendre, à la mort de son mari, elle ne s'était pas beaucoup occupée de ses enfants. Sa maman et Lucien ne la voyaient jamais.

Roméo se concentra sur la bande blanche au milieu de la chaussée. Il avait terriblement envie de vomir : sa maman conduisait super-vite et n'arrêtait pas de doubler. Il fut soulagé quand ils gagnèrent l'autoroute. Elle lui caressa la tête. Entrouvrit la vitre coulissante et tendit l'oreille pour écouter Maguelone et Lucien, qui parlaient à voix basse.

— Ça va ? Vous n'avez plus mal ? Comment a-t-il osé…

— Ne vous en faites pas ! le rassura la voix douce et féminine. Plus de peur que de mal.

— Oh, je ne suis plus inquiet. Puisque vous vous éloignez de cet homme…

Il y eut un silence.

— Maguelone, qu'allez-vous faire en Angleterre ? Enfin… si ce n'est pas trop personnel.

— Rien ne l'est trop si on se tutoie. Une tante que je n'ai vue qu'une fois dans ma vie m'a légué sa maison à Londres. Incroyable, n'est-ce pas ?

— Waouh ! Vous… *tu* t'y installes, alors ?

— Oui. J'ai besoin d'air et de changement. Et toi ? Tu pars en vacances ?

— Oh ! Nous…

Encore un silence.

— C'est un projet dingue, tu nous traiteras de fous, reprit Lucien d'un ton gêné.

— Dis toujours !

Elle roucoulait comme une colombe.

— On espère rencontrer la reine pour que je devienne son Grand Févier.

— Son quoi ? demanda Maguelone, la voix teintée de surprise.

— Je suis fabricant de fèves pour galette des Rois. Et j'aimerais… enfin, ma sœur souhaiterait que je le sois pour la reine Élisabeth.

Maguelone éclata de rire.

— C'est une idée géniale ! Comment allez-vous vous y prendre ?

— Eh bien… Le plan, justement, c'est qu'il n'y en a pas. On improvise. Il faut qu'on se débrouille pour que je puisse lui montrer mes créations. Et si elle accroche…

— Oh ! Tu en as sur toi ?

— Bien sûr ! J'ai embarqué ma mallette à échantillons !

Dans la voix de Lucien perçait son contentement.

— Je peux les voir ? Si ce n'est pas trop personnel…

Maguelone gloussa. Il y eut un bruit de fermeture éclair.

— Rien n'est trop personnel si on se tutoie. Tiens. Voici ma préférée.

— *Le Penseur* de Rodin ?

— Gagné !

— C'est superbe.

Lucien semblait ravi. Ils étaient heureux et cette joie pesa lourdement sur le cœur du petit garçon, qui cala sa tête contre la vitre et tenta de dormir.

Chapitre VIII

Cristalline

Trois heures qu'elle conduisait.

Cristalline se maudissait intérieurement de n'avoir su prolonger la conversation avec Roméo, d'avoir – encore – échoué à maintenir son intérêt. Elle avait le sentiment d'être un Charlot déchu, un de ces comiques pathétiques suppliant pour retenir l'attention de leur auditoire. Sauf qu'il ne s'agissait pas d'un public anonyme, mais de son précieux amour… et qu'il n'avait pas attendu l'entracte pour déserter la salle : à peine avaient-ils achevé cette minuscule conversation que Roméo s'était replongé dans le silence. Devait-elle arrêter d'essayer, le laisser tranquille ? Corentin, le père de Roméo, lui répétait que tout cela passerait, que ce n'était qu'un caprice d'enfant : il conseillait même à Cristalline de profiter de ce « répit auditif inespéré ».

Quel moule à gaufres, ce Corentin ! Encore un que l'intelligence n'étouffait pas.

Et dire que, la première fois qu'elle l'avait vu, il lui avait immédiatement plu… Journaliste local à

La Gazette marseillaise, il était chargé d'interviewer l'étoile montante de l'Athletic Club. Elle l'avait donc rencontré juste après une compétition – ce jour-là, ses adversaires l'avaient regardée projeter son disque si loin que l'une d'elles avait hurlé de rage. Elle suait abondamment – grâce conjuguée de l'émotion et de l'effort – et rejoignait le vestiaire en chantonnant le refrain de *Eye of the Tiger* quand elle l'avait aperçu, nonchalant, appuyé contre le mur. Elle s'était interrompue aussitôt, et l'impossible s'était produit : il lui avait souri, puis, d'un sifflement parfaitement maîtrisé, avait repris la chanson en chœur. BAM ! Amoureuse. Ça lui était tombé dessus comme les fientes d'étourneaux vers la gare Saint-Roch, aux alentours de dix-huit heures. Il mesurait deux têtes de moins qu'elle et sa bouche était si fine que les lèvres de Cristalline auraient pu les engloutir en un baiser. Ses cheveux bruns étaient bien coiffés, en comparaison des siens, qui se la jouaient coupe afro (grâce conjuguée de l'humidité et du vent). Mais plus rien n'avait d'importance : elle rêvait de cajoler cet adorable bonhomme qui ressemblait à un parfait Playmobil, sourire charmeur en plus.

Leur premier resto avait été une catastrophe : déterminée à faire entrer ses fesses dans une robe moulante, Cristalline avait presque dû s'armer d'un chausse-pied pour parvenir à l'enfiler. Toute la soirée, elle s'était sentie mal à l'aise, engoncée, ridicule. Le summum avait été atteint lorsqu'une couture avait lâché dans un *crac* monstrueux. Corentin avait dû la ramener en quatrième vitesse chez elle, dissimulant son derrière à la vue des passants à l'aide de sa veste de smoking. Il l'avait raccompagnée, oui. Elle avait mis un jogging, préparé du thé, et ils ne s'étaient plus quittés. Quand Roméo était arrivé peu de temps après, Cristalline avait découvert, trop tard, que le Playmobil avait un cœur en plastique. Incapable de s'attendrir devant leur bébé adorablement chevelu, il fuyait la maison dès qu'il le pouvait.

Leur histoire avait finalement été de courte durée, et c'était tant mieux pour tout le monde. Corentin prenait Roméo de temps en temps, mais ne semblait pas vraiment accorder d'intérêt à son fils, qui le lui rendait bien. Cristalline, elle, consacrait toute son attention à Roméo. Son cœur était saturé de lui. Et il n'y avait de place pour personne d'autre. Pas pour l'instant. Peut-être plus tard, quand leur formidable relation tiédirait, à l'heure des scooters et des premières copines. Qui serait la Juliette boutonneuse qui ferait chavirer son Roméo ? Elle n'en savait rien et aviserait le moment venu pour dégoter un homme qui ne soit pas en toc.

Aire des Grivoises. Plongée dans ses pensées, Cristalline n'avait vu le panneau qu'au dernier moment et se rabattit brusquement sous les klaxons furieux d'une voiture dont elle coupa la route.

— Abruti ! J'avais mis mon clignotant ! On a le droit de changer d'avis, non ? s'insurgea-t-elle avec une mauvaise foi inébranlable.

Elle s'engagea sur la voie de sortie et ralentit une fois arrivée sur le parking. Puis, elle dépassa la station essence, la boutique et trouva l'espace pique-nique. « Twix » leur avait donné rendez-vous ici, tout près de Lyon. Un bus l'y déposait et Cristalline prenait la relève.

Twix... Sans rire, c'était quoi ce surnom ?

Au téléphone, il s'était brièvement décrit et Cristalline reconnut tout de suite sa longue chevelure rousse. Il faisait bien ses vingt-cinq ans, mais, pour ce qui était du reste, la réalité avait très légèrement été modifiée. Il avait dit être grand, un peu costaud ; c'était un géant colossal. Cristalline évalua la bête : cent vingt ? Cent trente kilos ? Il se tenait debout, du côté des toilettes, les mains dans les poches. Pas de sac à l'horizon. Comptait-il faire un séjour express ? Elle baissa la vitre et le héla. Lorsqu'il aperçut son carrosse, il hocha brièvement la tête et un sourire fugace passa sur son visage. Lèvres épaisses, barbe de trois jours et immenses yeux jaunes : il était plutôt séduisant, si on était sensible au charme viking.

Reste que « Twix » demeurait un surnom totalement inapproprié : il n'avait rien à voir avec une double barre de chocolat, celui-là ! Quoique. Cristalline aurait parié qu'il cachait de belles tablettes sous son tee-shirt. Parole d'athlète : question musculature, elle ne se trompait jamais.

Elle se gara devant lui, se retourna et ouvrit complètement la vitre de séparation : son frère et Maguelone ronflaient. La tête de la jeune femme dodelinait et tanguait vers l'épaule de Lucien, dont les lèvres bougeaient, comme toujours quand il dormait. Soudain, elle le revit enfant, dans son pyjama rouge et bleu.

— J'arrive pas à dormir… disait-il de sa voix fluette. Il y a des craquements dans l'escalier. Et j'ai lu une histoire qui…

— C'est bon. Viens, lançait Cristalline en se serrant pour lui laisser de la place.

Le garçonnet glissait dans l'obscurité à petits pas silencieux et s'assoupissait très vite, une fois blotti contre elle, son mouton usé dont il tétait encore l'oreille dans les bras. Cristalline replongeait aussitôt dans le sommeil… et se réveillait en pleine nuit, entendant Lucien parler. Elle lui posait alors des questions. Le plus drôle, c'est qu'il répondait des trucs absolument déments.

— Est-ce que je vais réussir à embrasser Gaspard Morlui ?

— Un saumon, là, dans la rivière ! marmonnait-il.

Comme une Sibylle, Cristalline tentait de déceler un message. Mais franchement… Gaspard Morlui, sa coupe au bol, ses iris bleus, sa veste en jean et… *un saumon* ? Il n'y avait aucun rapport, sauf si elle parvenait un jour à tenir ce beau gosse dans ses bras… Alors, effectivement, elle pourrait considérer avoir fait une sacrée pêche.

Cristalline gloussa à ce souvenir.

— On va les laisser se reposer, décida-t-elle.

Roméo ne lui prêta pas vraiment attention : bouche bée, il tendait le cou en avant et dévisageait Twix de ses grands yeux ronds. Le gaillard l'effrayait-il ? Si c'était le cas, ni une, ni deux, elle redémarrerait et planterait ici le gros balèze… Lui et sa chevelure de barde irlandais trouveraient un autre moyen de rejoindre Londres, point.

— Tu as peur, mon prince ?

D'un bref regard, elle lui signifia qu'il ne craignait rien.

— On va prendre un peu l'air ? proposa-t-elle avec entrain. Tu veux faire pipi ? Manger quelque chose ? Soyons décadents : on achète des chips et des Kinder ?

Avant, il aurait bondi en tapant des mains et se serait léché les babines comme un chat. Il se contenta d'acquiescer avant de saisir son livre fétiche et sa figurine porte-bonheur.

Lorsque Cristalline ouvrit sa portière, leur passager approcha.

— Bonjour, tu es Cristalline de Blablacar ? demanda-t-il d'une voix caverneuse, les mains toujours enfoncées dans ses poches.

— C'est moi, acquiesça-t-elle. Ça ne te dérange pas si on fait une petite pause avant de repartir ? On roule non-stop depuis ce matin.

— J'ai tout mon temps, répondit-il tranquillement.

Puis il salua Roméo. L'enfant l'imita, les yeux rivés sur sa masse imposante, puis lui montra son ornithorynque en plastique. Twix s'en saisit et le fixa attentivement, avant de le lui rendre.

— Superbe reproduction, très fidèle à l'original, commenta-t-il en connaisseur, au moment où Micheline Ostermeyer bondissait hors de la voiture.

Elle renifla Twix, puis se dressa sur ses pattes arrière pour quémander des caresses. Le nouveau venu recula d'un pas, mais la chienne s'accrochait.

— Micheline, laisse-le tranquille ! ordonna Cristalline d'un ton ferme.

Elle tiqua, pourtant. Quel humain normalement constitué (Lucien exclu) pouvait refuser une tendresse à un animal si adorable ? La chienne ne sembla pas en prendre ombrage. Elle trottina vers l'espace vert, renifla le sol et commença à se rouler par terre avec entrain.

— Tu nous accompagnes ? proposa Cristalline à son futur passager.

— Vous allez à la boutique ? demanda-t-il après une légère hésitation.

— Oui.

Twix se gratta le crâne, d'un drôle d'air. Il semblait stressé.

— Non. Je ne préfère pas. Je vais rester ici, déclara-t-il, alors que ses joues devenaient écarlates.

C'était quoi, ce fard ?

— Comme tu voudras, rétorqua-t-elle en haussant les épaules. Dans ce cas, peux-tu surveiller ma chienne Micheline Ostermeyer ? Ne t'inquiète pas, je n'en ai pas pour longtemps. Tiens, sa laisse. Au cas où.

Lorsque Cristalline la lui tendit, il sortit ses mains de ses poches. La gauche était parfaite, grande, recouverte d'un duvet doré extra-viril et l'autre… ça alors, il lui manquait trois doigts ! Le pauvre homme ne conservait que son annulaire et son auriculaire. Le reste avait été coupé net au-dessous de la paume.

Twix, donc. Deux doigts coupe-faim. Très humour noir, très culture pub des années quatre-vingt-dix. Ce gars était drôle… et étrange. Si on faisait le compte de cette main associée à son refus de caresser Micheline et à son air paniqué quand elle lui avait proposé de les accompagner à la boutique, l'équation donnait : TYPE LOUCHE. Peut-être même dangereux. Peut-être même en cavale ! Un mafieux qui s'était fait couper les doigts comme du Justin Bridou pour avoir doublé un parrain du quartier ?

Pendant que Cristalline s'interrogeait, Roméo, visiblement ravi d'avoir un nouvel auditoire, semblait avoir retrouvé sa faculté de parole. Il brandit son livre fétiche : *Le Guide des ornithorynques*, et s'adressa à leur compagnon d'un ton enjoué :

— Regarde, c'est Amanda, ma maîtresse, qui m'a offert ce livre l'an dernier. Je ne sais pas trop pourquoi elle a choisi ces bêtes-là. Mais, en fait, elle a eu raison : ils sont géniaux. Ce sont les animaux que je préfère, bien plus que les dinosaures, ou les chiens. Tu es au courant que leurs chromosomes sont bizarres ? Ils ne sont pas XX ou XY, mais XX-XX-XX-XX-XX et XY-XY-XY-XY-XY !

Roméo ouvrit son livre et présenta la page 32 pour appuyer ses propos, alors qu'un Twix visiblement ébahi se penchait sur le schéma pour l'observer. Roméo n'attendit pas qu'il commente. Il enchaîna, sans transition :

— Pourquoi tu n'as plus que deux doigts ? Tu es né comme ça ?

Quelle impolitesse ! Mais Cristalline n'en tint pas rigueur à son fils : elle était si heureuse de l'entendre bavarder. Puis, elle devait bien avouer qu'elle aussi avait très envie de savoir. Twix fronça les sourcils.

— Non, répondit-il sobrement. C'était un accident.

— Il t'en manque beaucoup ! commenta Roméo en écarquillant les yeux. Ça t'a fait mal de les perdre ?

— En fait, pas du tout, répondit Twix avec un naturel déconcertant, sans faire relever au petit garçon son indiscrétion. Je n'ai rien senti. Le toubib m'a expliqué que j'étais encore sous le choc. Mais, crois-moi, ça pissait le sang. Une vraie scène de film d'horreur.

Cristalline se racla bruyamment la gorge. On n'allait peut-être pas entrer dans les détails morbides, hein ?

— Pardon, mais je pense que mon fils est un peu jeune pour l'explication intégrale, intervint-elle, polie mais ferme.

— Non ! s'exclama Roméo avec une surprenante excitation dans la voix.

Twix émit un rire sonore.

— Désolé, c'est elle, le chef ! déclara-t-il au petit garçon. Tout ce que je peux ajouter, c'est que ce n'était pas beau à voir.

— Et tu arrives à faire des trucs quand même ? poursuivit Roméo.

— Bien sûr, affirma Twix avec malice. Je peux toujours me gratter le nez, par exemple. Ou jouer à pierre-feuille-ciseau. L'essentiel, quoi.

Roméo gloussa timidement avant de glisser sa main dans celle valide du Viking.

— Tu nous accompagnes, s'il te plaît ?

Twix hésita. Il jeta une œillade nerveuse en direction du magasin, baissa le regard vers le petit garçon, puis céda.

— OK, mais je vous attendrai dehors.

Qu'est-ce qu'il avait, ce type, contre les stations essence ?

Ils se mirent tous les trois en marche, Micheline Ostermeyer sur leurs talons.

— Alors, Twix… Pourquoi te rends-tu à Londres ? demanda Cristalline.

— Raison personnelle, murmura-t-il, alors que sa mâchoire se contractait. Je dois régler une affaire privée. Une bonne fois pour toutes.

Roméo buvait littéralement ses paroles. Cristalline, elle, commençait à s'inquiéter. Voilà qui rajoutait encore une couche de mystère à son dossier : doigts coupés + phobie des boutiques Esso + défiance manifeste à l'égard des caniches + motif de voyage obscur… S'apprêtait-elle vraiment à embarquer un psychopathe de première dans sa voiture avec son fils adoré ?

Le refrain lugubre de *Riders on The Storm*, cette histoire d'auto-stoppeur meurtrier, retentit dans son cerveau qui s'affolait, quand un jappement douloureux l'interrompit.

Micheline Ostermeyer ?

Cristalline pivota vers sa chienne, qui tournait frénétiquement sur elle-même. L'animal s'assit brusquement, gémit à cœur fendre et se mit à se gratter comme une folle. Qu'est-ce qui lui prenait ? Elle se coucha au sol, aboya plaintivement. Cristalline se précipita auprès d'elle, sentant la présence silencieuse de Roméo à ses côtés, puis bientôt celle de Twix, qui s'agenouilla et palpa Micheline Ostermeyer avec précaution. Il sembla attraper quelque chose niché sous le ventre du caniche, qu'il observa avant de le relâcher aussitôt.

— Chenilles processionnaires, évalua-t-il d'un ton calme. Elle a dû se rouler dans l'herbe et ces sales bestioles sont restées accrochées à son pelage.

Micheline Ostermeyer le regarda, l'angoisse perçant ses prunelles dorées, et s'apprêta à se lécher, mais Twix ne lui en laissa pas le temps, saisissant sa gueule dans ses mains.

— Si elle se lèche, sa langue est foutue, je vous le garantis. J'ai vu un reportage sur TF1. C'est une vraie saloperie. En cas d'ingestion, les poils de ces petites bêtes nécrosent les tissus des animaux en moins de vingt-quatre heures, asséna-t-il avant que Cristalline ne puisse réagir.

Roméo fut secoué d'un sanglot et s'approcha de sa chienne.

— Ne la touche surtout pas, prévint Twix. Tu risques de te retrouver recouvert de cloques urticantes.

— Qu'est-ce qu'on doit faire ? demanda Cristalline, complètement affolée.

— Il faut la tondre, déclara Twix sans appel.

— La tondre… Mais avec quoi ? AVEC QUOI ? s'affola Cristalline dont le pouls avait atteint des records de vitesse. Je n'ai pas de rasoirs sous la main, moi ! Et même si on réussit à s'en procurer un, vu son pelage, ça ne suffira jamais. C'est la cata !

— File voir au magasin, ordonna Twix.

Le cœur battant, Cristalline saisit Roméo par le bras et tous deux coururent dans la boutique.

Ils cherchèrent une tondeuse partout, sans succès. Maudit Esso ! Elle ratatinerait l'imbécile de patron qui avait jugé que vendre ce genre de matériel était inutile. Elle…

— Elle va mourir ? demanda Roméo d'une toute petite voix, en serrant très fort la main de sa maman.

Cristalline se força à se calmer et à adopter un ton catégorique.

— Bien sûr que non ! Voyons, mon cœur, tu n'as aucun souci à te faire, le rassura-t-elle.

Mais la vérité était qu'elle n'en savait rien. Non, elle n'avait qu'une seule certitude : ce n'était pas le moment de perdre Micheline Ostermeyer. Elle ne le supporterait pas. Pire, Roméo ne s'en remettrait jamais.

Lorsque Roméo et Cristalline rejoignirent Twix, celui-ci sanglotait à chaudes larmes. À quoi jouait-il ? C'est qu'il avait l'âme sensible pour un criminel potentiel en cavale ! Mais elle avait autre chose à faire que de lui servir de Kleenex. Une tondeuse ! Il leur fallait une tondeuse. Son regard fouilla désespérément le parking et… Bingo !

— Roméo, reste auprès de Micheline et Twix. Tu ne bouges pas d'un cil, c'est clair ?

— Oui, souffla son garçon, tremblant.

Elle fonça vers un routier accoudé à son camion. Chétif, histoire qu'il ne lui résiste pas trop… et rasé, afin que sa mission réussisse. Il la regarda se planter devant lui, visiblement un peu effrayé. Parfait.

— Vous vous faites la boule à zéro ? attaqua Cristalline d'une voix où perçait l'urgence.

— Heu. Oui. Pourquoi ? s'enquit-il, consterné.

Cristalline trépignait et rassembla de gigantesques efforts pour essayer d'avoir l'air à peu près aimable :

— Il me faut votre tondeuse ! TOUT DE SUITE ! hurla-t-elle (pour l'amabilité, on repasserait). Ma chienne a été en contact avec des chenilles processionnaires ! Je dois impérativement la raser. C'est une question de vie ou de mort.

— C'est-à-dire que je n'utilise pas n'importe quelle tondeuse. C'est un Babyliss Mac Précision, voyez-vous, le dernier modèle, protesta le chauffeur qui se tortillait d'un air gêné. Et si vous le prenez pour…

— COMBIEN ? vociféra Cristalline, n'y tenant plus. Votre prix sera le mien.

Le chauffeur secoua la tête, l'œil soudain embué.

— Ce n'est pas une question d'argent. C'est sentimental, expliqua-t-il avec des trémolos dans la voix. Ma femme me l'a offert pour mon anniversaire. Quand je suis loin, je l'utilise et je pense à elle, vous comprenez…

— Seigneur, vous êtes un chauffeur ou un chamallow ? Bougre de maudit...

— Tout doux ! Mon nom, c'est Gauthier, la corrigea son interlocuteur en fronçant les sourcils, les poings posés sur les hanches.

Encore une chochotte. Décidément, les hommes n'étaient plus ce qu'ils étaient. Et celui-là semblait prêt à lui faire perdre un temps fou. Il fallait impérativement le secouer.

— OK. Gauthier, je ne vous *demande* pas votre Babyliss Mac truc, je l'exige !

— Techniquement, vous ne pouvez pas l'exiger, chipota-t-il, yeux au ciel. Parce que…

Ce mec méritait la mort par lapidation. Avec un rugissement furieux, Cristalline le bouscula, ouvrit la portière du poids lourd et grimpa dans la cabine conducteur. Le type tenta de la retenir en attrapant son pantalon et tira tellement fort qu'elle le sentit glisser sur ses hanches. Se dégageant d'une secousse, elle se hissa enfin sur le siège. L'habitacle était dans un désordre indescriptible. Elle perdrait un temps fou à chercher, sans compter que l'autre, vociférant, s'apprêtait à la rejoindre. Il fallait agir vite. Elle attrapa les clefs sur le contact et se tourna pour affronter Gauthier, qui se figea.

— Je jure que si tu ne me dis pas où est ta tondeuse, j'avale cette clef, lança-t-elle d'une voix démente.

— Vraiment ? répliqua le chauffeur, perplexe.

— Je me débrouillerai pour ne pas mourir étouffée, mais me blesser l'œsophage assez sérieusement pour porter plainte contre toi ! affirma Cristalline avec force. Avec un bon avocat, j'ai toutes mes chances.

Interloqué, Gauthier se figea. Cristalline en profita pour jeter un œil à Micheline, Twix et Roméo. Ces derniers étaient en larmes. Bon sang, Micheline devait agoniser…

— Alors ? insista-t-elle en agitant le trousseau devant son nez.

Gauthier se mordit les lèvres, sembla mâchouiller sa langue, grogna et hocha finalement la tête. Victoire !

— Dans le vide-poches. La trousse bleue à pois, marmonna-t-il à contrecœur.

Il fallut moins d'une minute à Cristalline pour s'emparer du Graal. Elle sauta du camion, planta un baiser sur le front du chauffeur, qui rosit subitement (un chamallow, à n'en pas douter), et fonça vers Micheline.

— Twix ! Twix ! Ça va ?

— Oui, mais dépêche-toi !

De grosses larmes dévalaient ses joues, puis se noyaient dans sa barbe imposante. C'était rigoureusement incompréhensible, et assez irritant : pourquoi se mettre dans un tel état pour une chienne qu'il ne connaissait ni d'Ève, ni d'Adam ? Mais pour l'heure Cristalline avait d'autres préoccupations : elle s'agenouilla près de lui et brandit la machine, décidée à en finir. Elle sauverait Micheline coûte que coûte, même si ce « chenilloticide » foutait son karma en l'air. Meurtrière ou pas, il fallait se lancer. Opération place nette, en avant. Un… Deux… Trois…

L'appareil ne broncha pas.

Pas l'ombre d'un vrombissement. Rien. Nada ! Bourricot de bougresse de tondeuse !

— Gauthier ! hurla-t-elle, excédée. Elle ne fonctionne pas !

Le chauffeur leva les bras au ciel, monta dans son camion et en ressortit quelques instants plus tard pour les rejoindre.

— Elle n'a plus de jus, constata-t-il en leur tendant un chargeur. Il faut dire que je me suis rasé ce matin. Et comme je me fais le torse, les aisselles et les…

— Compris ! l'interrompit Cristalline, qui ne souhaitait pas entendre plus de détails sur la pilosité démesurée de son sauveur. Twix, on déménage pour trouver une prise.

— Il y en a dans les toilettes, indiqua Gauthier en pointant du doigt l'entrée de la boutique.

La bouche de Twix se tordit en un rictus nerveux, qui se transforma en moue décidée. Il souleva la chienne, maintenant toujours son museau dans sa grande main, et se précipita à l'intérieur du magasin, Cristalline et Roméo sur ses talons. Mais, lorsqu'ils voulurent gagner les sanitaires, un vendeur maigrelet surgit de nulle part pour leur barrer le passage.

— Nos amies les bêtes ne sont pas tolérées ici, affirma-t-il d'une voix nasillarde.

— Elle est en danger. Nous devons la raser immédiatement ! protesta Cristalline.

— Désolé. Nos amies les bêtes ne sont pas autorisées ici, s'entêta le haricot sec.

La violence n'est pas une solution. Cristalline dut se répéter quatre fois ce mantra à la vitesse de l'éclair.

— Puisque je vous dis qu'on doit trouver une prise : elle risque de mourir !

C'était un argument imparable… Mais non ! L'imbécile continuait à secouer la tête.

— Je suis…

— *Vous êtes désolé, vos amis les chiens ne sont pas tolérés.* On n'est pas sourds, merci bien, explosa Cristalline. Écoutez, mon garçon : vous êtes seul, minus, et aussi costaud qu'un coton-tige. Nous sommes une équipe et nous avons de sérieux atouts. Lui, c'est le frère spirituel de Hulk. Le caniche que vous voyez là vous mordrait avec la rage d'un fauve si je le lui ordonnais. Quant à ce petit… Croyez-moi, vous seriez surpris de constater ce qu'il est capable de faire. Ah, j'oubliais : je suis une athlète de haut niveau.

— C'est absurde, je…

Il n'eut pas l'occasion de poursuivre. Twix l'interrompit :

— Vous pourriez être condamné pour non-assistance à chien en danger. Sans compter le procès collé à Vinci Autoroutes, qui ne traite pas ses pins alors qu'ils sont farcis de chenilles processionnaires… Ça ferait un excellent article. Et un bon motif de licenciement en prime, si j'ose dire.

Cristalline n'en revenait pas. D'où sortait-il tout ça ? Alors qu'il ouvrait la bouche et la fermait bêtement, ignorant quoi répondre, l'employé se fit apostropher par une dame qui agitait sa carte bleue en l'air :

— On attend pour régler notre plein d'essence. Quand vous aurez fini de papoter !

— Vous ne devriez pas laisser votre caisse sans surveillance ! s'exclama Twix en frottant ses yeux rouges.

Le vendeur tapa du pied, leur lança un regard assassin, et regagna finalement son poste en maugréant. Cristalline remercia Twix avec effusion.

— Ma mère a voulu se remettre aux études quand j'étais môme. Droit civil. Elle aimait bien me réciter ses leçons. C'est rentré dans un coin de mon crâne, expliqua ce dernier avec simplicité.

Cristalline hocha la tête, puis, revenant à ses moutons, se précipita dans les toilettes. Ni une, ni deux, une prise fut trouvée. Ni une, ni deux, Micheline Ostermeyer se retrouva rasée de près, littéralement à poil, puis passée sous l'eau dans l'évier sous les regards médusés des gens qui entraient dans la pièce.

On aurait dit un misérable rat. Elle l'avait mauvaise et grognait comme une dingue. Mais elle était sauvée. Sauvée ! Cristalline soupira. Roméo rit en serrant la petite chienne contre lui. Les sanglots de Twix redoublèrent.

— Ne pleure pas, le rassura Cristalline. Elle s'en est sortie.

— Je ne pleure pas, marmonna Twix. J'ai ces maudits poils de chenilles processionnaires plein le visage. C'est terriblement urticant. Sans compter que je suis allergique aux chiens. Je cumule, quoi.

Elle n'avait donc pas affaire à un hypersensible chronique ! Pendant qu'il se rinçait à grandes eaux, Cristalline comprit mieux son mouvement de recul lors de sa rencontre avec Micheline Ostermeyer.

— J'avais précisé dans mon annonce que j'avais un chien. Comment se fait-il que tu aies tout de même voulu faire le trajet avec moi ?

— Je ne suis vraiment mal en point que quand je suis en contact direct avec l'animal. Si je ne le touche pas, tout se passe relativement bien. Je ne pensais pas tenir un caniche serré contre moi, figure-toi.

Tout s'expliquait. Enfin, tout… Ce type restait étrange.

Mais il avait sauvé la vie d'un chien qui lui refilait des yeux de lapin atteint de myxomatose. Et ça, ce n'était pas rien.

Cristalline jeta un œil à sa montre : quatorze heures, il était temps de se mettre en route. Ils avaient rendez-vous avec la reine, et contrairement à Micheline Ostermeyer, elle ne se laisserait pas brosser si facilement dans le sens du poil.

Chapitre IX

Maguelone

Les paupières de Maguelone papillonnèrent. Elle ouvrit les yeux, les referma, encore engourdie par le sommeil. Elle bâilla et tout lui revint en mémoire : l'énième dispute avec Jean-Pierre, les cris, le coup et cette garde rapprochée improvisée, providentielle, qui s'était formée autour d'elle. Sans la présence de Cristalline et de Lucien, aurait-elle eu le courage de partir ou se serait-elle contentée de rejouer leur scène habituelle, avec Jean-Pierre ? *Je te quitte, je te hais, nous hurlons, nous nous empoignons, puis nous nous embrassons, épuisés, le cœur adouci, encore meurtri, pourtant soulagé.* Rideau jusqu'à la prochaine dispute.

Elle avait glissé contre Lucien : sa tête était blottie contre son torse. Il avait enroulé un bras autour d'elle et sa main reposait sur l'épaule de la jeune femme. Maguelone ne bougea pas d'un centimètre, éprouvant le contact de sa paume : elle était chaude, un peu moite. Elle se concentra ensuite sur son odeur poivrée. Il sentait l'argile et la sueur. Ce n'était pas déplaisant. Si différent des eaux de toilette de Jean-Pierre, du déo de Jean-Pierre, du pschitt pour les pieds de Jean-Pierre qui, sans cesse, se parfumait, se pomponnait, se lustrait. Alors que des ridules serpentaient déjà sur les tempes de Maguelone, à l'âge de vingt-sept ans, lui, qui en avait quatre de plus qu'elle, avait une peau impeccablement lisse. D'ailleurs son corps non plus n'avait pas le moindre défaut : sport, sport, sport, muscles, muscles, muscles. D'accord, il avait de grands pieds, mais quoi ? Il était immense. C'était harmonieux. Les femmes se retournaient sur lui dans la rue. Pendant longtemps, Maguelone avait pensé qu'elles s'interrogeaient : qu'est-ce qu'une éclopée comme elle fabriquait avec un type comme lui ? Mais, à la fin, Maguelone se demandait seulement ce qu'une fille comme elle foutait avec un abruti comme lui.

Il était temps de tourner la page.

Elle se redressa avec précaution. Le bras de Lucien glissa mollement sur le siège. Il ne sembla pas troublé, sa respiration restant régulière. Il était beau, lui aussi, bien qu'un peu maladif, avec ce teint cireux qui le faisait ressembler à une statue. Ses traits étaient plaisants, assez bruts : il possédait une bouche pulpeuse, un nez un peu fort, de longs cils qui lui donnaient un air de biche. Ce gars-là, remplumé, ce devait être quelque chose. Il semblait gentil. Le contraire de Jean-Pierre.

Maguelone soupira. Non, Jean-Pierre n'était pas méchant. Pas non-stop. Ils avaient leurs bons moments. Les avaient eus. Cette fois, après six ans passés ensemble, c'était définitivement fini. À cette pensée, son cœur flancha. C'était long, six ans. Le temps d'emménager à deux, de connaître ce que signifie la moindre inflexion de voix, le moindre regard de l'autre. Le temps d'avoir six poissons rouges, au moins trois mille fous rires, et peut-être le triple de reproches : car, entre les bons moments, il y avait eu trop de disputes.

Ressentant le soudain besoin de s'aérer, elle ouvrit la portière avec précaution et sortit du véhicule. Où étaient donc passés Cristalline et son fils, ce gamin à l'air triste qui avait chatouillé son cœur ? Un instant, elle se sentit désemparée, avant de penser à sa future vie londonienne. Elle regarda à droite, à gauche, puis clopina dans l'herbe, évitant soigneusement la horde de chenilles qui envahissait la pelouse. Elle repéra un banc à l'écart sous un chêne et s'y installa pour observer droit devant les voitures qui se croisaient à toute vitesse sur l'autoroute, dans un vrombissement continu.

Jean-Pierre adorait conduire très vite. Ça l'effrayait. Elle n'aurait plus à endurer ça. Alors pourquoi se sentait-elle si vide ?

Elle l'avait rencontré un soir de triomphe. La troupe du Ballet noir avait achevé sa tournée. À chaque représentation, ils avaient fait salle comble. Qui disait que la danse classique n'intéressait plus personne ?

Les mains de Maguelone tremblèrent légèrement lorsqu'elle songea à ces deux semaines d'excitation suprême, conclusion d'une année d'entraînement intensif. Un instant, elle entendit à nouveau les chuchotements en coulisse, elle sentit l'odeur du maquillage, elle éprouva la meurtrissure des pointes toutes neuves, à peine cassées, encore rigides. Comme ce soir-là, au moment d'entrer en scène pour son solo, un plaisir mêlé d'appréhension l'envahit tout entière et tourbillonna en elle. Les projecteurs, les décors, le parfum du parquet… C'était inoubliable. Et puis, il y avait eu l'attente des premières critiques, la joie quand celles-ci s'étaient montrées enthousiastes. La troupe avait dansé tous les soirs, jusqu'à la dernière. Maguelone et trois de ses collègues avaient décidé de fêter ça. Elles avaient dégoté un pub dans le centre-ville de Lyon. L'intérieur était bondé. Maguelone attendait au bar qu'on la serve, contemplant la rue à travers la baie vitrée, quand elle avait croisé le regard d'un brun immense qui la fixait. Il n'avait pas baissé les yeux. Elle non plus, alors que, sur sa peau, courait un délicieux frisson. *Je suis fichue*, avait-elle pensé. Son cœur avait accéléré. Il avait écrasé son mégot par terre, l'avait rejointe. En un clin d'œil, il avait commandé pour elle. En un clin d'œil, il l'avait conquise. Ça avait été fort, torride, rythmé par les disputes et les réconciliations. Le grand huit des sentiments. Maguelone n'avait jamais connu cette exaltation qui, au fil des années, était devenue épuisante. Comment ce truc magnifique avait-il pu déraper à ce point ? Et pourquoi s'étaient-ils finalement déchirés après s'être tant aimés ?

Elle n'avait pas envie d'y songer. Elle fouilla dans son sac, tomba sur son briquet, ses Camel, en extirpa une et l'alluma.

— Tu m'en offres une ?

Maguelone sursauta, puis se tourna vers Lucien, qui lui souriait en se frottant le crâne, l'air encore endormi.

— Bien sûr ! répondit-elle en lui tendant son paquet, contente qu'il vienne la sortir de ses pensées.

Lucien plaça la cigarette entre ses lèvres, sur le côté, un peu comme un cow-boy, puis s'assit près d'elle. Elle approcha son briquet et la lui alluma. Il lui fit un clin d'œil avant d'inspirer une longue bouffée.

— Cinq ans que j'ai arrêté, murmura-t-il après avoir recraché la fumée avec un plaisir non feint. Sexy.

— Ça se voit ! rit Maguelone, en lui donnant un coup de coude.

Lucien haussa les sourcils et observa sa cigarette avec une sorte de détachement farouche.

— Je m'accorde quelques extras, de temps en temps. Mais je ne pense pas que je reprendrai. Tu as déjà essayé d'arrêter ?

— Je n'ai pas encore eu le temps ! Cela fait seulement quelques mois que je fume.

— Tu as commencé adulte ? interrogea Lucien, étonné. C'est rare, ça !

Maguelone étendit ses jambes et pointa du doigt son pied droit.

— Après mon accident, je m'ennuyais et je déprimais. Deux bonnes raisons pour filer au bureau de tabac et attaquer une belle valse de la mort avec la nicotine ! Au départ, j'ai trouvé ça dégoûtant, et puis je m'y suis habituée.

Le regard de Lucien fit l'aller-retour entre son visage et sa cheville. Il semblait curieux, mais hésita un instant avant de demander :

— Qu'est-ce qu'il t'est arrivé ?

Maguelone soupira et se concentra à nouveau sur l'autoroute.

— Tu as le droit de ne pas me le dire, souffla Lucien.

Sa main s'avança légèrement sur celle de Maguelone. Comme un papillon, une seconde, un effleurement, puis elle s'envola. C'était doux, et Maguelone se sentit en confiance. Elle rit, parce que c'était bon d'éprouver ça, même si elle connaissait à peine ce type.

— Ta sœur et toi, vous m'avez sauvée des griffes de Jean-Pierre… Je te dois bien ça. Et puis, je n'en fais pas un secret.

Il y eut un court silence, et elle se lança. Après tout, c'était facile de lui parler.

— J'étais danseuse à l'Opéra de Paris.

Lucien siffla et se tourna vers elle, ouvrant de grands yeux admiratifs. Maguelone sourit et se redressa. Même si c'était désormais derrière elle, elle en éprouvait encore une profonde fierté.

— Ça t'étonne ?

— En fait… pas le moins du monde, répliqua Lucien en plongeant son regard dans le sien, comme une caresse.

— Pourquoi ?

— Parce que tu es gracieuse. Pas juste élégante. Non, tu possèdes quelque chose d'indéfinissable.

Les joues de Maguelone chauffèrent. Elle se sentit très belle. Elle continua donc sans hésiter :

— Je danse depuis que je suis en âge de le faire. Je crois même que je dansais avant de savoir marcher. Mes parents ont des photos de moi en train de me trémousser, biberon à la main. J'ai commencé très tôt, dans une petite école parisienne. Si jeune que mes orteils sont déformés à force de s'être frottés contre les pointes. Mon professeur a trouvé que j'avais du potentiel et m'a formée. Des heures et des heures d'entraînement, puis ce que je n'avais osé imaginer qu'en rêve est arrivé : j'ai réussi le concours d'entrée à l'Opéra. La chance m'a souri. J'ai été intégrée dans le corps de ballet. Année après année, j'ai évolué et je suis devenue coryphée.

— Coryphée ? l'interrompit Lucien en fronçant les sourcils.

— Le coryphée fait partie du corps de ballet, du gros de la troupe si tu veux, expliqua Maguelone, dont le pouls s'accélérait. Mais il s'en distingue parce qu'on lui donne des solos sur scène. De la magie pure.

Elle se tut. Elle sentait encore cette adrénaline, ce bonheur brut qui déferlait en elle au moment où elle se détachait des autres pour s'éloigner, seule, légère, aérienne. Elle prit une profonde inspiration, puis reprit la parole.

— J'ai fait une mauvaise chute sur un porté, en pleine représentation. Je me suis mal élancée, mon partenaire n'a pas pu me rattraper. Et bam, cheville foutue. Le docteur qui me suivait m'avait dit d'y aller doucement si je voulais guérir. J'aurais dû l'écouter, mais j'étais en tournée, j'avais peur qu'on me remplace. Dans ce milieu, tu ne faiblis jamais parce que, derrière, il y a un paquet de filles prêtes à prendre ta place. J'ai donc rempilé jusqu'à la fin en souffrant le martyre et ça m'a bousillée.

Sa voix s'était brisée. Elle s'en voulait encore. Elle s'en voudrait peut-être toujours.

— Stupide, hein ? conclut-elle froidement, vidée.

— Pas tant que ça, répliqua Lucien avec douceur. Quand on a la chance de vivre de sa passion, on ne peut pas s'empêcher de continuer, coûte que coûte. J'en sais quelque chose. C'était quand ?

— Il y a un peu plus d'un an. L'Opéra m'a mise en arrêt. Avec Jean-Pierre, nous avons emménagé à Montpellier, tout près d'un centre médical spécialisé. Je suis passée par la case opération, rééducation, mais j'étais une cause perdue. Je n'ai pas pu reprendre ma carrière.

— Tu souffres ?

— Tous les jours. Mais j'y trouve quelques compensations. L'ambiance entre danseuses est horrible. Les filles s'épient les unes les autres, se jalousent, et dès que tu te distingues, tout le monde te hait. C'est une vie de rigueur dans laquelle il n'y a pas de place pour le lâcher-prise, une vie coupée du vrai monde. J'ai vécu toutes ces années en apnée, pour la scène, et j'ai fini par en oublier complètement la notion de plaisir : les bons restaurants, les moments entre amis, les balades…

— Et tu n'as jamais pensé à…

Il ne put finir sa phrase. On hurlait son nom. C'était Cristalline, tenant dans ses bras une espèce de créature chauve et agitée qui, à force de gesticuler, s'échappa et courut dans leur direction. Maguelone plissa les paupières et reconnut Micheline Ostermeyer. Que diable lui était-il arrivé ? Et qui était ce géant auquel s'accrochait Roméo ?

Chapitre X

Twix

— Vous savez que tous les dauphins, esturgeons et baleines qui nagent autour de l'Angleterre appartiennent à la reine ? lança Cristalline.

Twix l'ignorait, mais il s'en fichait comme de sa première paire de rangers. La voiture s'engageait au pas sur la passerelle du bateau et il n'aimait pas ça. Son cœur se pointa dans sa gorge et il ravala la bile, comme un gros caillou de terreur. Il n'avait pas prévu qu'être suspendu au-dessus de la mer lui ferait cet effet. Il n'était jamais monté sur un ferry, mais celui-ci avait tout d'un monstre : son énormité, ses crachats, ses bruits. Comment un machin pareil parvenait à ne pas sombrer dans les flots tumultueux ? Ouais, parce que, là, la traversée ne s'annonçait pas d'humeur « La croisière s'amuse » : pas question de se trémousser dans la piscine et de boire les cocktails d'Isaac Washington. La mer était agitée et la bruine qui les avait accueillis à Calais s'était muée en une pluie épaisse et visqueuse.

Un temps idéal pour un naufrage.

Twix se secoua. Il y avait peu de chance que ça arrive, mais vu comme la vie lui avait toujours souri, il ne pouvait jurer de rien. La voiture franchit le pont d'accès et pénétra dans le parking souterrain du bateau. Un employé au gilet jaune leur adressa de grands gestes pour les guider vers leur place.

— Dis donc, il y a foule ! commenta Cristalline en suivant ses instructions. On est les derniers ?

— Nous sommes même retardataires, répliqua Lucien en se penchant vers eux, entre les sièges avant.

— Si tu m'avais filé le volant plus souvent, on aurait été comme les petits fayots de la classe : premier à lever la main pour y aller ! Tu conduis comme un pépé en vadrouille le dimanche.

— Et toi, comme le type de *K2000* sous amphèt', rétorqua Lucien sans s'émouvoir. Mais j'admets que, par ma faute, nous sommes arrivés au dernier moment. La femme qui s'occupait de l'embarquement nous a fait les gros yeux... On est passés à un poil près, n'est-ce pas, Micheline Ostermeyer ?

La chienne, installée aux pieds de Twix, se redressa et grogna.

— C'est vrai, quoi ! reprit-il. Elle a montré les dents, la fille a paniqué ! D'autant plus qu'avec sa dégaine, elle est vraiment...

D'un geste, Cristalline le stoppa.

— Micheline ne montrait les dents que pour la gratifier de son plus beau sourire.

— Sourire en grognant : ça ne te rappelle pas Hannibal Lecter ?

— Tu y vas fort ! intervint Maguelone. Premièrement, la boule à zéro de Micheline Ostermeyer est… heu… charmante ! Très Miley Cyrus version canine.

— Ben voyons… souffla Lucien.

Cristalline tendit le bras et infligea à son frère une pichenette sur le front. Ce dernier poussa un cri outré avant de se tourner vers Twix.

— Twix, aide-moi. Pas vrai que Micheline fait flipper ?

Incapable de réagir, Twix hocha mollement la tête.

— Heu… ça va ? poursuivit Lucien. Tu es blanc comme un linge.

Non, ça n'allait pas. Impossible de faire demi-tour, et pourtant, il aurait donné jusqu'à son ultime vinyle de U2 pour prendre ses jambes à son cou. Il se sentait oppressé, son estomac protestait avec frénésie et un mal de mer terrible retournait ses tripes. À moins que ce ne soit l'angoisse de la tâche qui l'attendait à Londres.

Cristalline se gara, tira le frein à main d'un geste décidé et pivota vers lui.

— Bien que je déteste donner raison à Lucien, tu as une tête à faire peur, approuva-t-elle.

Twix capta son coup d'œil dans le rétro, en direction de son fils. « À faire peur » à qui ? Elle ? Merde, elle se posait sûrement des questions. Il faut dire qu'il n'avait pas été très malin, pendant le voyage… Lucien, dont le jeu de société favori était le Monopoly, en expliquait les règles à Roméo. Ce dernier avait trouvé la case « prison » vraiment cool. Et hop, c'était sorti tout seul. Twix avait bazardé cette remarque débile : « Non, ça ne l'est pas du tout, en vrai. » S'en était suivi un grand silence gêné. Twix avait bafouillé, voulu leur expliquer, mais Cristalline avait changé de sujet.

— J'ai seulement le mal de mer, articula-t-il. Ça va passer.

Est-ce qu'ils le prenaient pour un psychopathe ? Un meurtrier ? Non… il ne serait pas là, sinon. Et puis, en réalité, on était loin de la vérité. Même s'il devait l'admettre : il avait bien cherché ce qui lui était arrivé.

— Tu veux qu'on te trouve un médicament à bord ? proposa Cristalline.

— Non. Ça va aller, pas de souci.

Elle le sonda quelques minutes du regard. Twix afficha un pauvre sourire bravache, auquel elle répondit, avant de se concentrer sur sa chienne.

— Ma beauté, il est temps de te dire au revoir.

Elle se pencha vers Micheline Ostermeyer et gratouilla son crâne, ce qui sembla propulser l'animal au septième ciel. Cristalline s'adressa à elle d'un ton réconfortant.

— On est obligés de te laisser dans la voiture, mais les vitres seront entrouvertes, et tu auras de l'eau et un nonos, mon trésor !

Cette dernière se releva et grimpa sur les genoux de sa maîtresse. Les adieux ne furent pas trop déchirants grâce au fameux « nonos », et ils s'éloignèrent sans encombre. Ils se dirigèrent vers une porte surmontée d'une grosse flèche verte et empruntèrent d'étroits escaliers, à la queue leu leu. Placé derrière Cristalline, Twix avait une vue extraordinaire sur ses fesses musclées. Mais le contact de Roméo, qui se trouvait à sa hauteur et lui saisissait la main, détourna son attention. Le gosse demeura silencieux. Twix se focalisa donc sur les babillages de Lucien et Maguelone. Elle lui racontait des trucs au sujet des mouettes, à Portsmouth, capables d'agresser les promeneurs pour leur piquer leurs sandwichs. Elle était sympa, cette fille. Le genre qui sait quoi dire tout le temps, sourire aux lèvres. Les gens comme ça lui donnaient l'impression d'être un empoté. De toute évidence, elle plaisait au frère de Cristalline. Ils formeraient un couple hyper-cool, hyper-amoureux, hyper-tout. Le style à rester au lit toute la journée.

— Aïe ! gémit Roméo en lui lançant un regard accusateur.

— Pardon, gamin…

Twix se mordit la lèvre. Il avait trop serré, sans s'en rendre compte. Cristalline se retourna, inquiète, et les observa.

— Ça va Roméo ?

— Oui, oui, marmonna celui-ci.

Cristalline souffla et continua son ascension. Roméo leva la tête et fit un clin d'œil à Twix. Ils débouchèrent sur un hall élégant, avec un grand escalier en son centre. Des fauteuils, installés devant les baies vitrées, incitaient les gens à s'asseoir pour contempler la mer. Twix eut un haut-le-cœur. Sérieux, celui-là.

— Bon, c'est pas tout, mais je dois aller au duty-free : mon entraîneur a exigé que je lui rapporte quatre flacons de son parfum, lança Cristalline en attirant Roméo contre elle.

La nausée s'intensifia. Hors de question que Twix s'approche du moindre magasin. Rien que de s'imaginer là-dedans… Tout à coup, il eut chaud, puis froid et, la main devant la bouche, il s'éloigna pour gagner les toilettes en hâte. Bon sang, où se trouvaient-elles ? Il tourna sur lui-même, mais ne vit aucune indication. Alors, il opta pour le pont. Tant pis pour l'honneur, il se soulagerait par-dessus bord.

— Twix ! le héla Lucien au moment où il atteignait la porte. Je t'accompagne, attends !

— Non, parvint-il à répondre. J'ai besoin de… d'un moment seul.

— Pour méditer face à la mer ? Tu es quoi, membre du cercle des poètes disparus ?

— Oui, c'est ça, enfin non, mais je vous rejoindrai plus tard, allez faire les boutiques !

— Comme tu voudras, Baudelaire, rendez-vous ici dans trente minutes !

— Une heure, plutôt !

L'air vif lui fit un bien fou, mais ne l'empêcha pas de vomir. Quelques passagers ricanèrent. Une dame lui tendit un mouchoir. Il la remercia, puis s'assit sur un banc et s'y accrocha en constatant que le ferry s'éloignait doucement du quai. Il quittait la France. Il allait régler cette petite affaire, celle qu'il traînait depuis bien trop longtemps. Il se récita à nouveau la marche à suivre, puis inspira, expira un bon coup. Il était prêt. Enfin, à peu près ; ça l'angoissait terriblement.

Il contempla la mer un moment, bercé par le roulis des vagues, ne sentant même pas la pluie mouiller son visage, puis son tee-shirt. Son ventre se tenait désormais tranquille et, peu à peu, il se détendit. Tout se passerait bien. Quand il rentra, les autres n'étaient pas encore revenus. Il décida donc de faire un tour à bord. Il longea les couloirs à la moquette bleue, évitant soigneusement le coin boutiques, contempla la salle de cinéma, l'espace repos, le bar.

Arrivé près d'une salle de jeux pour enfants, Twix aperçut Roméo, puis Cristalline qui téléphonait un peu plus loin. Des gamins s'ébrouaient joyeusement dans une immense piscine à balles. Tous, sauf Roméo, qui, planté à côté, observait tristement les autres s'amuser. Il se revit au même âge, riant à gorge déployée, faire les quatre cents coups dans le village : il avait par exemple fait pipi dans le bénitier et décoré la maison du boucher de papier-toilette, car ce dernier avait été désagréable avec sa mère. Sa gentille petite maman… Cristalline aussi semblait être une bonne mère. La façon dont elle couvait son fils des yeux ! C'était beau, très doux. Alors qu'est-ce qui n'allait pas chez cet enfant ?

Une fillette lança une balle en direction de Roméo. Celui-ci ne la rattrapa pas.

Il fallait que ça cesse. Twix s'avança et se plaça à côté de Roméo. Il jeta un œil à Cristalline, qui était toujours au téléphone, mais lui fit un signe de la tête et articula du bout des lèvres : « Ça va ? » Twix acquiesça, puis posa sa main sur l'épaule du petit garçon.

— Alors, mon gars ? Ça te dirait, un petit plouf ?

Roméo leva les yeux vers lui, puis secoua lentement la tête.

— Tu es sûr ? Moi, j'adore ça !

— Ben, vas-y, répondit l'enfant d'une voix morne, avant de le défier du regard.

Soit ! Twix se pencha, l'air très sérieux, ôta une chaussure, puis l'autre, et lança un coup d'œil à Roméo qui ouvrait grand la bouche. Twix se retint de sourire.

— Un, deux, trois ! tonna-t-il.

Il se jeta dans le bassin la tête la première. Les enfants s'écartèrent prudemment. Les ignorant, Twix s'allongea et fit mine de nager la brasse. Roméo le contempla d'abord d'un air abasourdi avant qu'un grand sourire éclaire enfin son visage.

— Elle est bonne ! lança Twix en passant au crawl.

— C'est pas de l'eau, juste du plastique, répliqua Roméo, toujours souriant.

— Pardon ! *Il* est bon ! Alors, tu viens ?

— Non.

— Allez ! Regarde, on a la piscine pour nous ! Fais le grand saut !

Les gamins avaient décampé. Roméo hésita, souffla… et finit par rejoindre Twix.

— Tu savais que, quand les ornithorynques chassent dans la rivière, ils sont sourds et aveugles ? Heureusement qu'ils ont le sens de l'électrolocalisation.

Twix n'avait aucune idée de ce qu'était l'*électrolocalisation*. Il se contenta donc de lancer une balle sur cet intello de môme avant de plonger sous les balles. Un instant plus tard, il sentit un petit poids lui bondir dessus. Avec un hurlement de Viking, Twix attrapa Roméo, se redressa, le souleva dans les airs et fit semblant de le balancer dans cette marée multicolore. Le petit garçon gloussa. Un rire se mêla au sien. Twix leva les yeux. Cristalline les avait rejoints et les observait, bras croisés, heureuse.

Une fillette entra dans la piscine à balles au moment où une employée passait, costume strict et lèvres pincées. Elle les aperçut et vint se planter devant eux.

— Cet espace est réservé aux enfants, monsieur. Et il me semble que vous n'en êtes pas un.

— Il vous *semble* ? Vous n'en êtes pas sûre, alors ? rétorqua Twix en lui lançant un clin d'œil appuyé, ce qui eut pour seul effet de rétrécir encore sa bouche.

— Sortez, je vous prie ! ordonna-t-elle.

Waouh ! Elle n'était pas commode.

— Dites donc, vous pourriez être plus aimable, intervint Cristalline en posant les poings sur ses hanches.

— Je fais seulement mon travail : veiller au respect des consignes de sécurité sur ce bateau.

— Il n'y a aucun écriteau spécifiant que les adultes n'ont pas le droit de s'amuser.

— Évacuez maintenant, ou j'appelle la sécurité.

À ces mots, le bref accès d'euphorie de Twix retomba comme un soufflé. Il n'avait pas besoin de ça. Il jeta un œil à Roméo, qui s'était timidement mis à jouer avec la gamine, et décida d'obtempérer. Il sortit le plus dignement possible et se planta devant la pimbêche, qui le toisa avant de s'éloigner.

Cristalline voulut la rattraper – Dieu qu'elle avait le sang chaud ! –, mais Twix la retint.

— Ce n'est pas la peine. Tout va bien, regarde.

Il pointa Roméo du doigt. Cristalline sourit comme un soleil.

— On s'assied ? proposa-t-elle en désignant un banc.

— Lucien et Maguelone doivent se demander où on est, non ? répondit Twix.

— Oh ! Ces deux-là ? Je ne crois pas qu'ils aient besoin de nous !

Quand ils furent installés, ils ne surent que se dire pendant un moment, alors, ils contemplèrent Roméo qui lançait une balle à la petite blonde.

— Tu t'y prends bien, avec les enfants. Pourtant, mon fils…

Elle soupira avant de poursuivre :

— Depuis deux semaines, je ne le reconnais plus. Il a perdu sa joie de vivre. D'habitude, il n'est pas du tout comme ça. C'est un gamin enthousiaste et bavard.

Après une nouvelle pause, elle lui raconta toute l'affaire. Twix botta en touche quand elle lui demanda son avis. Il n'y connaissait rien, aux mômes. Dommage, il aurait voulu les aider.

— Je n'ai pas eu de frères et sœurs, ni d'enfants, expliqua-t-il.

— Tu es célibataire ?

— Oui.

— Tu as déjà été marié ?

— Non, jamais. Je suis plutôt du genre vieux loup de mer, le goût du large et la vieillesse en moins, dit-il avec un sourire.

— Pourquoi tu es allé en prison ?

Et bam ! Direct du droit !

Elle avait une manière de poser les questions sans détour qui l'agaçait et lui plaisait à la fois. Et cette bouche… Il hésita avant de répondre.

— Tu trouverais ça…

— Quoi ? Effrayant ? Tu n'as pas tué ou violé quelqu'un, rassure-moi ?

— Tu es sérieuse ?

— Non, je me doute que ce n'est pas si grave, sinon, tu croupirais encore derrière les barreaux, je me trompe ? Et puis, je ne sais pas. Pas ton style. Tu as braqué une banque ?

— Non plus.

— Alors quoi ? Tu as détourné des fonds ?

— J'ai une gueule à détourner des fonds ?

— Pas vraiment.

Twix baissa les yeux et se concentra sur le trou dans son jean, au niveau du genou.

— J'ai volé, murmura-t-il, un peu honteux, soulagé à la fois, comme lorsqu'il s'était confié à son groupe d'entraide au cours de la première séance.

— Volé ? Quoi ? demanda Cristalline d'un ton curieux.

— Un tas de trucs, pendant longtemps, avoua Twix. Je le faisais sans avoir envie ou besoin de quoi que ce soit. J'habite un bled vers Lyon. Ça m'a pris quand j'étais gosse, à la mort de mon père. J'ai commencé à piquer des stylos chez le buraliste, la calculette du boucher. Au début, les commerçants ne mouftaient pas : j'étais petit, mignon, et j'avais perdu mon papa. Ensuite, ils se sont mis à en parler à ma mère, qui, au lieu de me gronder, m'a serré fort dans ses bras en me jurant que ce n'était pas bien grave. Nous sommes allés consulter un psychologue. Mais ce gentil monsieur n'a rien pu faire pour moi, à part nous affirmer que c'était une conséquence du traumatisme subi au décès de mon paternel, une manière de me venger de la vie, d'obtenir de l'attention. Quand j'ai grandi, ça a pris des proportions plus… importantes, dirons-nous. La première fois qu'on a porté plainte contre moi, c'est parce que j'avais volé une table sur la terrasse du McDo, en pleine nuit. Tu te rends compte ?

— Je dois avouer que j'ai du mal ! répéta Cristalline avec un gloussement qu'elle tenta d'étouffer sous sa large main. Pardon…

Twix haussa les épaules.

— Tu peux rire ! De fait, c'est ridicule. J'ai attaché ce truc sur le toit de ma voiture et, une fois arrivé chez moi, je l'ai déposé dans mon jardin. À côté de ma table en marbre quatre fois plus belle. Débile que je suis. Les caméras m'avaient filmé : j'ai été directement cueilli. Mais on m'a laissé une chance.

— Que tu as saisie ?

— Que j'ai gâchée en piquant six bouteilles de champagne millésimé peu de temps après. Le pire, c'est que je ne bois que très rarement.

— Tu les as revendues ?

— Non. L'argent n'était pas mon but. Je suis cleptomane, Cristalline. Je volais parce que c'était une pulsion irrépressible. Et ça a continué jusqu'à ce que mon dossier soit long comme le bras et qu'on me colle en cabane pendant quelques mois.

— Tu ne peux pas t'en empêcher ?

— Si… soupira Twix. Mais c'est une lutte constante. Je sors d'une longue thérapie pendant laquelle je n'ai touché à rien. C'est difficile, mais je tiens le bon bout. Un peu comme un ex-alcoolo avec son jeton des « un an », tu vois ?

— Bien sûr, dit Cristalline en hochant la tête. Je suis impressionnée par ta volonté… et sacrément rassurée que tu ne sois pas un criminel de haut vol ! ajouta-t-elle, espiègle.

Elle se pencha vers lui et lui donna une accolade.

Twix rougit violemment. Il était content de ce geste amical, ainsi que de lui avoir avoué ses méfaits. L'honnêteté était revigorante. De plus, voir Roméo jouer grâce à lui le réjouissait. Il se sentait utile et éprouvait une affection réelle pour ce môme, ainsi que pour sa mère.

Chapitre XI

Lucien

Installé là, aux côtés de Maguelone, sur le pont extérieur donnant sur le grand hall d'accueil, histoire de pouvoir guetter l'arrivée de Cristalline, Twix et Roméo par la porte vitrée, Lucien se sentait bien. Pourtant, on était loin du cadre de rêve : le vent fouettait tellement son visage qu'il avait l'impression que sa peau allait se décoller.

Maguelone le regarda et sourit. Ah, le spectacle de la jeune femme au cœur des éléments déchaînés ! Il en aurait fait une fève, ici, maintenant, s'il avait eu son matériel sous la main. De sa grosse tresse à moitié défaite se détachaient de petits cheveux qui tourbillonnaient devant son visage. Elle les repoussait, et ils repartaient à l'assaut. Elle s'était recroquevillée sur le banc, les genoux remontés contre sa poitrine, son épais gilet bien serré autour de ses épaules. Elle ne tremblait pas.

Lucien repensa subitement à Lolitta, qui haïssait l'humidité : ça ruinait son brushing et son make-up.

La météo merdique, en revanche, ne semblait pas troubler Maguelone. C'était elle qui avait insisté pour venir sur le pont. « J'aime quand la mer ne se tient pas tranquille », avait-elle dit. Pour le coup, elle avait gagné le gros lot. La moindre rafale risquait de les faire passer par-dessus bord. Mais tout ça en valait la peine. Oui, un jour, il ferait une *fève Maguelone*. Juste son visage, avec ses joues rougies, ses yeux brillants, les gouttelettes d'eau sur ses lèvres, et ces mèches fines qui zébraient sa peau. Ce serait un chef-d'œuvre et il la garderait jalousement pour lui.

— Alors ? s'exclama-t-elle en riant. On le boit, ce verre ?

Lucien attrapa le pack qu'ils avaient acheté au duty-free et l'ouvrit. Il en sortit deux bières, qu'il décapsula à l'aide du briquet fourni par Maguelone.

— Trinquons à… commença-t-il.

Son téléphone vibra au creux de sa poche. Il s'excusa, puis lut le texto de sa sœur.

— Cristalline est avec Twix et Roméo à l'aire de jeux pour enfants. Elle nous demande si on est déjà dans le hall d'accueil à les attendre.

— Dis-leur de venir dehors quand ils auront fini, non ? On est bien, murmura Maguelone en fermant les yeux un instant, comme pour savourer ces abominables gifles que le ciel leur infligeait.

Lucien hocha la tête et envoya sa réponse. Puis il mit son téléphone sur silencieux. Il n'avait plus envie d'être dérangé : son temps avec Maguelone était compté. Ils atteindraient rapidement Londres et se sépareraient. Principe élémentaire du covoiturage, non ? On partage un bout de route, on en profite pour se lâcher un peu sur les confidences sous prétexte qu'on est face à un inconnu et bye-bye au terminus. Mais elle lui plaisait. Elle lui plaisait parce que, comme un bel épouvantail, elle faisait fuir son sentiment d'échec, détaler ce mec chômeur, apathique et cocu. Il se transformait en sauveur, en oreille attentive, en artiste admiratif de chaque courbe de son corps, de chaque trait de son visage.

Son regard s'attarda sur ses chevilles, qui dépassaient de son gilet. Elles étaient fines, contrairement à celles de Lolitta.

Quelle mesquinerie ! Tu adorais grignoter ses pieds au lit, murmura sa conscience.

Mais, quand on était le dindon de la coucherie, on avait bien le droit à un peu de méchanceté gratuite, non ?

Maguelone soupira et le silence entre eux s'éternisa sans que Lucien ait besoin de le combler. Cette femme dégageait une aura de sérénité, style professeur de yoga en plus sexy. Pourtant, elle avait dû en baver, avec son histoire de danse et de blessure. Sans parler de l'autre con de Grands Panards. Il avait été violent avec elle, et le pire était qu'elle n'avait pas eu l'air étonnée. Malgré une envie tenace, Lucien n'osait pas l'interroger.

— Alors ? C'est quoi ton programme quand on arrivera à Londres ? demanda-t-il pour étouffer la question qui galopait sur sa langue.

— Investir la maison et tenter d'en faire mon chez-moi, répondit-elle, posant sur lui son regard doux et brun.

Lucien ne décrocha pas ses yeux des siens. Il plongea même en eux à pieds joints.

— Tu étais sa seule famille ? Vous étiez proches ?

— Tu parles ! Je ne l'ai vue qu'une fois.

— Une fois…

— Oui. On se croirait dans un roman, non ? Une jeune fille désespérée reçoit la demeure de sa tante décédée en héritage. Elle s'y rend et l'aventure commence…

Elle haussa les sourcils d'un air mystérieux.

— Bon pitch ! commenta Lucien, qui brûlait de savoir comment l'histoire se poursuivrait.

Maguelone hocha la tête, sortit une cigarette de son sac, puis l'alluma. Elle souffla une grosse bouffée et Lucien observa le petit nuage gris. Un autre instant suspendu dans le temps…

— Tu veux que je te raconte ce qui s'est passé ? Non, parce que j'ai l'impression que je parle, je parle, je parle et que, toi, tu ne me dis rien.

— Je t'écoute, et ça me plaît bien.

Il appréciait sa voix grave, qui, par moments, se brisait en une toux un peu rauque. Le rythme de ses phrases le charmait. Sans parler de ses longs doigts délicats qui pianotaient sur ses cuisses, de son nez qui se fronçait et de son regard parfois lointain.

— On se concentrera sur moi ensuite, souffla-t-il d'un ton engageant.

Elle flancha.

— Marché conclu !

Elle sourit et lui serra la main, puis poursuivit.

— C'était la sœur aînée de ma mère. Quand je l'ai rencontrée, j'avais huit ans. Elle est venue dormir chez nous pour l'enterrement de mon grand-père. Elle m'avait fait un de ces effets ! Avant son arrivée, ma mère, d'un naturel très calme, était terriblement nerveuse. C'était dingue : je ne la reconnaissais pas. Elle n'arrêtait pas de marmonner. Elle faisait le ménage, tu sais, de manière frénétique… Elle rangeait le moindre placard, essuyait des poussières imaginaires… Anxieuse, je la suivais comme un petit chien parce que je sentais bien que quelque chose clochait. Le jour J, elle était une cocotte sur le point d'exploser. Alors, je suis montée dans ma chambre, j'ai attendu, et Victoria est arrivée. Tu l'aurais vue ! Une star de cinéma. Blonde, grande, portant d'immenses lunettes de soleil, comme dans un film glamour des années trente… Elle était superbe avec sa robe tulipe bleu turquoise et sa décapotable. J'étais là, plantée dans le hall avec ma mère. Cela n'avait toujours été qu'elle et moi : mon père s'était barré de la maison quand j'étais bébé après avoir décrété que, finalement, la vie de famille, très peu pour lui. Je me souviens avoir dit un truc du genre : « Tu es actrice ? » Victoria a ri et m'a embrassée. Plus tard, ma mère m'a essuyée brusquement avec son mouchoir : j'avais une trace de rouge à lèvres.

— Elle lui en voulait ?

— Ah ça ! Elle a salué Victoria comme si c'était une étrangère et lui a fait signe d'entrer. Elles se sont fait une bise du bout des lèvres… Ma mère tremblait de rage. Victoria souriait de toutes ses dents. À la réflexion, on aurait dit un piranha. J'ai vite été envoyée dans ma chambre et, quinze minutes plus tard, montre en main, elles se hurlaient dessus. Je suis sortie juste à temps pour voir ma mère lui lancer un coussin en pleine tête. Victoria a ri en le rattrapant au vol. Du coup, ma mère a opté pour le vase en cristal : plus persuasif. Victoria est partie en vociférant. Elle saignait du nez et était écarlate : la star de cinéma avait soudain des allures de clown tueur.

Lucien songea qu'il avait de la chance d'avoir Cristalline. Déjà, enfants, ils ne parvenaient pas à se disputer. Alors adultes… peine perdue ! « T'es trop maigre pour qu'on se batte ! » lui disait sa sœur, quand ils étaient mômes. Ça les faisait rire.

— Si tu ne l'as vue que cette fois-là, j'imagine que ça ne s'est pas arrangé entre elles ?

— Non. Ma mère m'a expliqué plus tard que sa sœur était une peste quand elles étaient jeunes : elle faisait les quatre cents coups dans la maison et se débrouillait pour que ma mère soit accusée. Victoria l'humiliait. Pire, elle pouvait se montrer agressive. Elle lui a tenu la tête sous l'eau une fois qu'elles se baignaient à la rivière. La rupture a été définitive à leurs vingt ans. Victoria lui a piqué son petit ami… pour le jeter comme un Kleenex au bout d'un mois.

— Et qu'est-ce que ta mère pense du legs ?

— Oh ! Ça ! Elle a viré hippie sur le tard, au moment où elle est tombée amoureuse d'un mec à barbe et cheveux longs. Ils vivent au Pérou, dans une communauté qui milite pour la paix dans le monde. Quand je l'ai appelée pour lui annoncer le décès de sa sœur et le coup de l'héritage, elle m'a seulement conseillé de faire attention. Selon elle, Victoria était si perfide qu'elle serait capable de hanter cette maison.

Maguelone se tut et but sa bière à petites gorgées, laissant le vent siffler à leurs oreilles.

— Et toi, ta famille ? demanda-t-elle au bout d'un moment. C'est plus glorieux que la mienne ?

Lucien haussa les épaules.

— Ma famille, c'est Cristalline.

— Vous avez l'air très proches. Un voyage entre frère et sœur, c'est génial.

— Je n'ai pas vraiment eu le choix. C'était son idée. Et on ne résiste jamais aux projets farfelus de Cristalline… Mais tu as raison, les deux doigts de la main, c'est nous, même s'il se passe des mois, parfois, sans qu'on se voie.

— Et vos parents ?

— Mon père est mort quand nous étions petits.

Encore une fois, la vision du corps de son père flottant dans la piscine s'imposa à son esprit (celle qu'il s'était inventée, celle qu'il n'avait jamais vue). Il l'imaginait affublé de son accoutrement stupide. Ses membres raides, déjà livides. Ses cheveux fous étalés à la surface comme une araignée. Un frisson le parcourut. De colère, de regret ou peut-être seulement de tristesse.

— Je suis désolée, murmura Maguelone en posant sa main sur le genou de Lucien.

Il adopta un air dégagé avant de poursuivre.

— Il faisait des expériences. C'était un « savant de garage ».

— Qu'est-ce que ça signifie ? reprit Maguelone avec douceur.

— Qu'il inventait des trucs dans son atelier. Des choses censées changer la vie des gens. Des aspirateurs à mouches, des lunettes avec essuie-glace, dans ce genre-là.

Maguelone ouvrit de grands yeux.

— C'est vrai ?

— Absolument. Malheureusement, une expérience a mal tourné et il en est mort. Je t'épargne les aberrations qu'on nous a servies à l'enterrement. « Il est parti en faisant ce qu'il aimait. » Ma mère foudroyait les gens du regard et répondait : « Ah bon ? Pourtant, ce qu'il aimait, c'était sa famille, non ? » J'avais onze ans.

— Et ta mère, maintenant ?

— Elle vit à Bordeaux et on la voit assez rarement. Je ne pense pas que cette situation la tracasse. Elle ne nous a jamais témoigné une grande affection. Petits, déjà, elle nous trouvait trop encombrants, ou trop bruyants, ou trop épuisants. Quand notre père est décédé, elle ne s'est pas franchement montrée à la hauteur. La voisine d'à côté, qui était aussi notre nounou, s'est plus occupée de nous que notre propre mère.

— Elle sait que vous allez à Londres ?

— Non, puisque…

— Hey ! Vous deux !

La voix vibrante de Cristalline interrompit leur conversation. Lucien se tourna et savoura l'expression ravie de sa sœur. Twix suivait, Roméo agrippé à sa main. C'était bon signe. Peut-être que son neveu se requinquerait plus vite que prévu ? Lucien les gratifia d'un grand sourire.

— Vous avez l'air de vous être bien amusés, non ? lança-t-il.

— Oh oui. Twix, surtout ! Il adore les piscines à balles ! dit Cristalline en adressant un clin d'œil à son acolyte.

Celui-ci approuva le plus sérieusement du monde.

— Vous faites quoi ? demanda ce dernier.

— On boit un coup ! répondit Maguelone. Vous voulez une bière ?

Les nouveaux arrivants accueillirent la proposition avec enthousiasme. Maguelone se rapprocha de Lucien pour leur faire de la place. Cristalline s'installa à côté d'elle, son fils sur ses genoux, alors que Twix s'asseyait par terre devant eux.

Il y eut des bruits de cannettes ouvertes et entrechoquées.

— À nos projets ! clama Cristalline.

— À nos projets, répétèrent-ils en chœur.

Lucien remarqua que Twix clignait nerveusement des yeux avant de boire. Qu'est-ce que ce type allait fabriquer à Londres ? Peut-être que Cristalline était au courant. Il faudrait qu'il la cuisine.

— Comment comptez-vous vous y prendre pour rencontrer Sa Majesté ? demanda Maguelone. Je sais que vous n'avez pas de plan précis, mais peut-être quelques idées ?

— Pas la moindre, mais on s'y prendra de manière à y arriver ! répondit Cristalline.

Lucien pouffa. S'il savait pertinemment que jamais ils n'atteindraient la reine, il devait avouer qu'il prenait plaisir à ce voyage improvisé.

— Je crois que, si j'étais vous, je commencerais par lui écrire, intervint Twix en se grattant le crâne pensivement.

— Bonne idée ! s'enthousiasma Cristalline. Un machin bien troussé, qui lui donnerait envie de faire notre connaissance.

— Tu penses vraiment qu'elle lit elle-même son courrier ? demanda Lucien en se penchant pour lancer un regard goguenard à sa sœur.

— Et pourquoi pas ? Élisabeth aime ses sujets !

— Ouais, mais pas de là à éplucher chacune de leurs lettres. Des gens sont payés pour ça.

— Eh bien soit ! Ces gars-là seront tellement émus qu'ils transmettront notre requête à la reine. Et elle succombera à tes charmes. Enfin… à ceux de tes fèves, parce que je ne suis pas sûre que Sa Majesté apprécie les coupes négligées et les barbes de trois jours. Il faudra te faire beau avant la grande rencontre.

Lucien leva les yeux au ciel.

— Je suis certaine que ça marchera, ajouta Maguelone. Févier royal ! Quelle classe !

— N'est-ce pas ? se rengorgea Cristalline.

— Mais si les lecteurs ne trouvent aucun intérêt à notre courrier ? intervint Lucien.

Cristalline se tourna vers Maguelone pour la prendre à témoin :

— Tu constates comme cet homme est rabat-joie ?

— Réaliste, la corrigea Lucien.

— Pessimiste, rétorqua Cristalline. Pour répondre à ta question, si c'est le cas, on visitera Buckingham, on s'éclipsera pendant que le guide s'éternisera devant les tapisseries. Et hop, on ira trouver Élisabeth.

— C'est de la pure folie ! s'écria Maguelone. Vous finiriez en prison.

Cristalline bomba la poitrine.

— Ah ! Je me ris du danger !

— Regardez-la citer Nala ! se moqua Lucien.

— Nala ? interrogea Twix en fronçant les sourcils.

— Dans *Le Roi lion* ! intervint Roméo. Elle a raison, ma maman est forte comme une lionne.

L'ironie de Lucien se mua en douceur et il caressa la tête de ce petit bout qui ne disait rien, mais écoutait tout. Ce gamin qui, il l'espérait de tout son cœur, reprendrait vite goût à la vie.

Chapitre XII

Cristalline

La traversée se déroulait tranquillement : Maguelone et Twix causaient herbes de Provence. À moins que ce ne soit d'huiles essentielles. Ça lui paraissait dingue que le Viking s'intéresse à ce genre de choses, et aberrant, tout simplement, qu'on se passionne pour le sujet. Cristalline avait donc perdu le fil. Elle pensait à son fils, à sa chienne. À sa chienne, puis à son fils. L'une, enfermée dans la voiture, comme une taularde au trou, probablement en train de japper à s'en détruire les cordes vocales. L'autre, un peu requinqué, mais pas de quoi danser le jerk non plus. En tout cas, elle devait une fière chandelle à Twix, parce que cet homme-là, avec ses gros muscles, son indifférence royale pour le ridicule et ses problèmes bizarres, réussissait à réveiller Roméo. Elle aurait intérêt à le garder près d'eux à Londres. Pourquoi est-ce qu'il se rendait là-bas, d'ailleurs ? Il faudrait qu'elle insiste pour savoir. Elle finit sa cannette, l'écrasa dans son poing et se décida.

— Je vais faire un tour au parking voir si Micheline survit, annonça-t-elle.

Voyant que son frère s'était crispé, Cristalline prit un air dégagé. Raté. Lucien se leva illico, prêt à jouer aux gardes du corps.

— Je t'accompagne.

Neuf ans après, il avait toujours peur de la laisser aller seule dans un parking souterrain. Elle, de son côté, était depuis longtemps passée à autre chose. OK, elle évitait de se garer en sous-sol quand elle n'était pas accompagnée. Si ça arrivait, elle tapait un sprint jusqu'à la sortie, mais enfin… elle avait digéré. Elle n'avait peur de rien. Elle était forte. Elle lui adressa donc un sourire XXL triple détente.

— Je préfère que tu veilles sur Roméo, d'accord ?

Twix et Maguelone lui inspiraient confiance, mais de là à leur laisser son trésor… D'ailleurs, ils étaient tellement absorbés dans leur conversation (« Spray Rescue, vachement efficace. — Ah oui ? Moi je ne jure que par la camomille et un petit joint de temps en temps ! ») qu'elle n'était pas certaine qu'ils prendraient leur rôle de baby-sitter au sérieux. Lucien tiqua, hésita, et finit par hocher la tête de mauvaise grâce. Ignorant son regard désapprobateur, elle se pencha sur son fils pour embrasser sa joue ronde.

— Tu n'as pas froid ? lui souffla-t-elle. Je reviens dans dix minutes. Je vais dire bonjour à Micheline.

— Je viens avec toi ! proposa Roméo.

— Hors de question.

— Mais pourquoi ? protesta-t-il, moue boudeuse à l'appui.

— Parce que c'est interdit ! lança Lucien en couvant Cristalline d'un regard de mère poule. Même pour les adultes, normalement : nous n'avons pas le droit de rejoindre notre véhicule pendant la traversée.

Effectivement, on le leur avait rabâché, à l'arrivée. Nul doute que l'hôtesse d'accueil, qui insistait en fronçant ses sourcils mal épilés, ne plaisantait pas.

— C'est cruel de défendre aux propriétaires aimants de rendre une petite visite à leurs compagnons velus, commenta Cristalline. Je prends le risque. Mais pas toi, Roméo.

Elle se débrouillerait bien pour contourner les règles. Rien ne l'empêcherait de vérifier que Micheline se portait bien. Pauvre bête ! Entre sa tonsure surprise et ce trajet en solitaire dans le noir, elle devait déguster, niveau stress. Elle mourait sûrement de froid, sans ses poils fous et frisés…

— Mais Cristalline, si on te surprend en train de… commença Lucien.

— Je m'en contrefiche !

— Ben voyons ! maugréa-t-il en croisant les bras d'un air vexé. OK, vas-y. Je m'occupe de Roméo.

Elle s'éloigna, dégota un accès aux escaliers, descendit les marches à la volée, parcourut un long couloir en sous-sol : elle buta contre des portes verrouillées jusqu'à la dernière, tout au bout, qui s'ouvrit enfin. Elle pénétra dans le parking. Les néons blafards éclairaient les véhicules garés en rangs d'oignons. Un léger frisson dégringola de sa nuque à son dos. Elle l'ignora, avala sa salive et se reprit : personne ne se trouvait dans le coin pour la simple et bonne raison que c'était interdit. Un peu rassurée, elle se glissa entre les pare-chocs jusqu'à sa voiture et toqua à la vitre.

— Micheline ! Je suis là, ma belle !

L'animal colla sa truffe contre la vitre et effectua une danse frénétique quand elle l'aperçut.

— Mais oui, ma grande, ta maîtresse est venue te rendre visite en douce !

Cristalline ouvrit et la chienne se précipita hors de l'habitacle, puis se jeta dans ses bras.

— Tout se passe bien, là-dedans ? On ne t'abandonne pas, hein ! Mais, tu vois, les animaux n'ont pas droit de séjour, en haut. Moi aussi, je trouve ça complètement idiot.

Micheline lécha sa joue et grogna de satisfaction. Ce que c'était bizarre, le contact de cette chair tiède ! La grande Micheline Ostermeyer avait des airs de pauvre mouton en été. Cela dit, elle ne semblait pas s'en formaliser. Brave bête ! Cristalline embrassait le crâne de sa petite chienne quand un bruit métallique, comme une portière qui claque, se fit entendre. Sursaut. Le cœur dansant la carioca, Cristalline se figea tout en se morigénant. Ce n'était rien. Le paquebot était immense. Il n'empêche. Un filet de sueur coula le long de son front. Elle serra contre sa poitrine Micheline, qui s'était mise à gronder.

— Cristalline !

Le soulagement la fit hoqueter. C'était lui ! Elle fit volte-face et vit s'approcher son frère, Roméo aux basques.

— Je n'aime pas te savoir seule dans ce genre d'endroits, se justifia-t-il en haussant les épaules. Et le petit voulait câliner ton horrible cabot.

Roméo courut dans sa direction. Micheline se tortilla, bondit au sol pour aussitôt plonger dans les bras de son maître et lui faire une fête du diable. Lucien les rejoignit puis se planta à côté de Cristalline.

— Tu n'as plus peur, hein ? chuchota-t-il.

— Non, même si je ne suis pas vraiment rassurée.

— Si seulement papa n'avait pas mis en pratique sa méthode-choc… murmura Lucien, d'un ton accusateur.

La méthode-choc de leur père, c'était d'affronter ses peurs. Tu as les jetons ? Tu te bats. Lucien avait une trouille bleue de l'eau. Son père l'avait empoigné, embrassé et jeté dans la mer. Cristalline était terrifiée par les parkings souterrains. Il l'avait laissée moisir dans celui d'un centre commercial pendant une heure. Bien sûr, il s'était caché derrière un poteau et la surveillait. Elle ne s'en était pourtant pas aperçue et avait pleuré comme une perdue… pour finalement se calmer et maîtriser ses craintes.

— C'était débile, poursuivait Lucien. Au final, c'est sa faute si…

— Non, le contredit Cristalline d'un ton ferme. Je n'étais pas seule. De toute façon, c'est du passé.

Neuf ans avaient tout de même filé depuis ce soir où elle avait fêté avec ses deux meilleures amies son entrée dans l'Athletic Club… Dans ce bar, elles avaient bu plus que de raison et dansé comme des folles. Cristalline se rappelait encore leurs paroles : « Hey ! C'est pas parce que, nous, on est en couple que, toi, tu ne peux pas aller draguer le mâle ! Regarde, celui-là, le blondinet. » Chloé avait désigné un groupe de mecs qui ne cessaient de les regarder. Les mêmes qui les avaient suivies sans qu'elles s'en rendent compte, à la sortie du bar, puis dans le parking souterrain. Ceux-là qui les avaient tabassées en les traitant de « sales gouines ». Pendant des mois, Chloé avait refusé de toucher Amarine en public. Pendant des mois, Amarine avait fait tout le contraire. Elle braillait à la cantonade qu'elle était lesbienne dès qu'elle se rendait quelque part, histoire de faire un doigt d'honneur aux homophobes. Pendant des mois, Cristalline avait serré les dents, s'était entraînée sans relâche, et avait demandé à Lucien de l'accompagner chaque fois qu'elle sortait le soir, inversant totalement les rôles. Elle n'était plus son chevalier. Il était devenu le sien. Ensuite, elle avait rencontré le père de Roméo, et s'était remise. Surtout, elle avait pu faire face à ses agresseurs, le jour où ils étaient passés au tribunal : elle leur avait hurlé toutes les insultes de son répertoire. On l'avait conduite hors de la salle d'audience, elle avait bien ri. Et s'était sentie à peu près guérie.

— Tout va bien, je t'assure. Et ça n'avait rien à voir avec papa.

— Mais s'il n'avait pas soigné ta phobie des parkings, vous ne vous y seriez pas garées…

— Et si j'avais six orteils au lieu de cinq ? Tu ne peux pas raisonner comme ça, mon Lulu, ou tu finiras aigri.

— Je le suis déjà.

— Je ne crois pas, non. Juste ton petit zeste d'amertume habituel, rien de plus ! Mais je remarque qu'il s'estompe avec notre blablacarette, hein ?

Lucien leva les yeux au ciel, Cristalline éclata de rire. Puis, elle contempla Roméo, qui s'était renversé sur la banquette arrière, Micheline Ostermeyer lui léchant copieusement le visage. Il gloussait : pour Cristalline, c'était un nectar divin, un champagne millésimé, un caviar de premier choix. Elle avait eu raison d'organiser ce voyage.

Lucien sourit.

— Elle est vraiment affreuse, cette chienne, comme ça. Déjà qu'elle n'était pas terrible avant.

— Ouais, mais au moins elle est vivante. Tu imagines qu'elle aurait pu y passer à cause de ces foutues chenilles ?

— Tu parles d'une perte, ironisa Lucien.

Il y eut un moment de silence, durant lequel ils contemplèrent Roméo.

— Bon, c'est quoi ton plan en arrivant ? Où est-ce qu'on va s'installer, avec ce monstre canin ?

— Aucune idée ! répondit Cristalline avec légèreté. On avisera.

— Je te préviens : hors de question qu'on dorme dans ta caisse.

— Tu n'as toujours pas digéré cette nuit à Barcelone, hein !

— Ça restera à jamais gravé en moi. Un séjour qui promettait d'être top. Je t'avais dit de réserver. Tu as voulu qu'on parte à l'aventure ! Tous les hôtels étaient complets, et nous avons dû nous réfugier dans la voiture. J'avais la trouille qu'on nous agresse en pleine nuit.

Cristalline gloussa à ce souvenir avant de se calmer et d'observer gravement son frère.

— Tu as toujours eu trop peur de vivre, Lucien.

Il soutint son regard.

— Et toi, tu as toujours eu trop peur de te montrer prudente et raisonnable.

— Vous vous disputez ?

Roméo s'était redressé et les contemplait d'un air interrogatif.

— Mais non ! le rassura Cristalline en pinçant le bras de Lucien, qui lui donna en retour une pichenette sur la joue.

— Ah ! commenta Roméo, qui se laissa à nouveau aller sur le siège. J'aimerais bien savoir pourquoi Twix, il a deux doigts en moins.

Cristalline ne le lui avait pas demandé. En fait, elle avait oublié pour se concentrer sur son regard ténébreux, ses gros tatouages et son inimitable talent pour redonner le sourire à son fils.

Un coup de sifflet interrompit ses réflexions.

— Dites donc, vous ! brailla une voix caverneuse. Qu'est-ce que vous faites ici ? C'est interdit !

— Tous aux abris ! s'exclama Lucien en s'agenouillant, comme s'il se trouvait sur un champ de bataille et qu'on s'apprêtait à leur tirer dessus.

Cristalline demeura bien droite et offrit son plus beau sourire au type de la sécurité, tout au bout du parking. Zéro effet. Il ne semblait pas rigoler, lui ! *Moi, Terminator. Toi, Sarah Connor.*

— Vous allez avoir des soucis ! Une amende, au minimum, poursuivit-il en se faufilant entre les voitures.

C'est ça ! Il pouvait toujours espérer. Elle lui tira la langue.

— Viens, Roméo !

Elle attrapa son fils au vol, puis claqua la portière. Micheline avait réussi à se glisser dehors. Tant pis, elle les suivrait. Au point où ils en étaient !

— On se baisse et on file à l'anglaise ! ordonna-t-elle à sa troupe.

— Attendez ! ordonna le garde.

— Tu es infernale, chuchota Lucien en lui emboîtant le pas. C'est toujours pareil avec toi !

— Attends ! Non ! Pas par là ! À droite ! On va le semer, ce lourdaud !

Roméo la serrait fort, Micheline montrait les dents, Lucien flippait, le gars de la sécurité s'énervait.

Cristalline était aux anges.

PARTIE II

Surprises londoniennes

Chapitre XIII

Roméo

« La première fois que les scientifiques anglais ont vu la dépouille d'un ornithorynque (envoyée d'Australie, avec un joli dessin de l'animal), ils ont cru à une blague. L'un d'eux a approché une paire de ciseaux à la recherche de coutures, persuadé qu'on avait collé un bec de canard à une peau de castor. »

Roméo ferma son livre et esquissa un sourire en imaginant le monsieur comprendre que l'animal existait pour de vrai…

Ils avaient quitté le bateau à la vitesse d'un escargot. Roméo avait vu des containers géants, des grues, des tas de grosses mouettes qui rasaient le sol en criant.

« Dix heures de voiture, quatre en ferry : nous voilà à Portsmouth », avait annoncé Lucien, qui boudait parce qu'il voulait prendre le volant. Ils étaient sortis du port, de la ville, puis avaient emprunté l'autoroute. Roméo avait cru mourir de peur, car sa maman conduisait à l'envers. Mais elle l'avait rassuré.

« C'est la règle en Angleterre ! » avait-elle glissé joyeusement.

Heureusement qu'elle n'avait pas eu besoin de se servir de ce poing contre le monsieur du parking. Ils avaient filé si vite entre les voitures et ensuite dans les escaliers que le gardien n'avait pas pu les rattraper. Sa maman avait ri et Roméo avait trouvé ça drôle, « comme dans un film ». Il n'y avait eu que Lucien pour râler. Ils s'étaient cachés tout le reste du trajet dans le coin d'une salle de repos qui était presque vide. Seul un papi y ronflait. Ils étaient repartis sans problème. Depuis, on roulait. Lucien était installé à l'avant ; Roméo, à l'arrière, entre Maguelone et Twix.

— Maguelone, on te déposera en premier. Quelle adresse faut-il entrer sur le GPS ? demanda Lucien.

Maguelone fouilla dans sa poche de veste, donnant sans le faire exprès un coup de coude à Roméo. Elle lui sourit et planta un baiser sur sa joue. Roméo sentit son parfum et aima le contact de sa bouche toute douce. Mais il ne le lui dit pas. Il n'avait pas envie de parler. Il se contenta de la regarder déplier un papier tout froissé.

— 33, Kensington Street… C'est vers Piccadilly, en plein centre.

Elle fit une pause et Roméo la vit inspirer bien fort avant de continuer :

— Vous irez où, vous ?

— On n'a pas encore décidé ! répondit Lucien d'un ton dégagé. Prions le ciel pour que Cristalline ne nous embarque pas dans une auberge de jeunesse pour moins de vingt ans.

Micheline grogna.

— Pas la peine de protester, tu ne serais pas admise, vu ta dégaine ! maugréa Lucien.

Roméo songea que sa chienne serait acceptée partout, parce qu'elle était belle, même sans ses poils. Parfois, Lucien était vraiment trop bête.

— Je jure que nous ne dormirons ni dans une auberge de jeunesse ni dans la voiture.

— Mais venez chez moi ! lança Maguelone. Le notaire m'a décrit la maison : il y a au moins six chambres. C'est immense. Et je crois que ça me rassurerait de ne pas être seule, les premiers temps.

Il y eut un silence.

Roméo n'avait pas la moindre idée de ce qu'était un notaire, mais il dit « oui ! », parce qu'il n'avait aucune envie de passer la nuit dans la Volvo.

Maguelone se réjouit.

— Roméo a parlé, alors, c'est entendu ! Pas vrai ?

Roméo se sentit le cœur plus léger. Il aimait bien Maguelone parce qu'elle faisait rigoler son oncle. Il aimait bien Lucien parce qu'il râlait, mais qu'au fond il était gentil. Il aimait bien Twix parce qu'il devait être un peu docteur, vu qu'avec lui il avait à nouveau envie de faire des choses, comme sauter dans la piscine à balles. Et il adorait sa maman parce que c'était la plus belle et la plus forte. Alors c'était aussi bien s'ils restaient tous ensemble.

Chapitre XIV

Lucien

Lucien étouffa un bâillement et jeta un œil au tableau de bord. Les chiffres lumineux indiquaient qu'il était minuit. Ils avaient roulé non-stop de Portsmouth jusqu'à Londres. Cristalline lui avait passé le volant à mi-chemin, après avoir failli emprunter un sens interdit. Lucien lui avait hurlé de faire attention, elle avait braqué au dernier moment. Ils avaient eu la vie sauve – de justesse. Lucien avait alors exigé de conduire. Elle avait cédé en vociférant qu'il n'avait rien compris, que *jamais, au grand jamais,* elle n'aurait pris ce sens interdit, que de toute façon il n'y avait rien de plus débile que de circuler à gauche et que les Anglais avaient décrété ce truc pour faire râler les touristes, surtout les Français. Lucien l'avait laissée déblatérer. Cristalline était finalement passée à l'arrière et s'était endormie rapidement, imitée par Roméo et Twix. Maguelone s'était alors installée à ses côtés. Ils avaient bavardé de tout et de rien. Lucien lui avait expliqué les étapes de la fabrication d'une fève, priant pour ne pas être soporifique. Elle lui avait décrit ses plus beaux moments sur scène et ils avaient répertorié ce qu'ils *aimaient-détestaient.* Lucien s'était efforcé de tout retenir. Pour éviter le moindre risque d'oubli, il s'était élaboré une liste mentale qu'il se répétait indéfiniment pendant la traversée des grandes avenues de la capitale. Maguelone, silencieuse, dévorait le paysage des yeux. Parfait. Ça lui laissait le temps de tout mémoriser. Ainsi, plus tard, il lui montrerait qu'il lui avait prêté une oreille attentive. Peut-être qu'elle serait touchée ? Il avait terriblement envie de lui faire plaisir.

- *Ce qu'apprécie Maguelone :*
  - *La mer, mais quand il pleut ou que le vent d'ouest transforme les vagues en gros rouleaux.*
  - *Les Converse jaunes (pas les blanches, car tout le monde les porte).*
  - *L'huile essentielle de pin (mais pas celle de cèdre) et le sirop contre la toux au caramel (celui qui saoule un peu).*
  - *Handsome Boy Modeling School, Debussy et Queen.*
  - *Attraper une cigale et attendre qu'elle se remette à chanter.*
  - *Cuisiner des plats en sauce dont l'odeur s'imprègne dans les cheveux et sur les vêtements.*
  - *Les laveries automatiques.*
  - *Les boules à neige clinquantes.*
- *Ce que n'aime pas Maguelone :*
  - *Le bruit des mobylettes trafiquées.*
  - *Les punaises vertes, celles qui s'accrochent aux vêtements qu'on étend dehors.*

– La bière tiède.

– Le crissement de la craie sur un tableau noir et les bouches d'égout, rapport à Ça, *de Stephen King.*

Lucien soupira d'aise. C'était sa première liste depuis sa rupture avec Lolitta qui ne traitait pas de ses plans de vengeance contre Patricio Dubuis. Il savoura ce progrès, se jurant de trouver une manière de remercier sa sœur pour son projet « objectif Buckingham ». Puis, il rangea la précieuse liste dans un tiroir de son cerveau. Quand ils atteignirent Piccadilly, Maguelone poussa un cri émerveillé. Animées, les rues étaient éclairées par d'immenses enseignes lumineuses.

— C'est le Shaftebury Memorial ! s'exclama Maguelone en pointant du doigt la fontaine au cœur du rond-point sur lequel ils s'engageaient.

— Et son ange, précisa Lucien en levant le nez pour observer le sommet de la statue, une vague de nostalgie le chatouillant soudain. Il y a cinq ans, Alistair et moi l'avons façonné et en avons fait une fève. Ce n'était pas de la tarte, crois-moi !

— Ah oui ? Qui les avait commandées ?

Lucien jeta un œil à Maguelone, qui s'était tournée vers lui, mine curieuse, tout ouïe.

— Une boulangerie française implantée ici, à Londres. Ça avait été une belle fournée. Ces mini-Éros étaient superbes !

Il s'interrompit, redoutant de passer pour un vantard. Pas de risque : l'attention de Maguelone était déjà ailleurs. Elle avait détourné le regard pour admirer la ville. Ils devinrent silencieux et, au feu rouge, Lucien s'absorba dans la contemplation des jeunes assis au pied de la fontaine, qui s'enfilaient des bières tout en riant à gorge déployée. Quand il redémarra, il dut piler pour ne pas écraser deux filles aux cheveux verts qui traversaient devant lui, se moquant des feux de signalisation, cannette à la main, veste légère malgré la fraîcheur du soir, éméchées, heureuses.

— Tu dois être fatigué, souffla Maguelone en posant sa petite paume sur son avant-bras.

Une décharge de volupté partit à l'assaut de chaque centimètre de la peau de Lucien.

— J'avoue que je sature un peu, lâcha-t-il d'une voix qu'il souhaitait ferme, sans un trémolo. Mais je dois me concentrer. Les derniers kilomètres sont les plus dangereux.

Maguelone confirma, avant d'ôter sa main. Sans ce contact électrisant, la fatigue et la lassitude reprirent le dessus. Lucien triple-bâilla alors que le GPS l'éloignait de Piccadilly et de son animation pour les diriger vers des quartiers plus résidentiels. Ses membres étaient endoloris et il avait le sentiment que, s'il ne sortait pas de cette voiture dans les cinq minutes qui suivaient, il deviendrait dingue.

— On y est bientôt, annonça Maguelone au moment où la voix automatique du GPS prononçait ces quelques mots : « *Tournez à gauche, puis avancez jusqu'au numéro 33. Votre destination se trouvera sur votre droite.* »

Ce n'était pas trop tôt !

— On y est, même ! s'exclama Lucien avec un regain de vigueur. Il y a une place ici. Je me gare ?

Nous n'aurons qu'à marcher un peu pour trouver ta maison.

— Super, répondit Maguelone, trépignant d'excitation.

Un immense sourire étirait ses lèvres. Elle avait tiré le gros lot, sûr et certain. Les pavillons du quartier étaient magnifiquement entretenus : clôtures bien peintes, pelouses rasées de près, comme cette bougresse de Micheline, et des fleurs multicolores recouvraient les jardinets. Les maisons se ressemblaient : deux ou trois étages, bow-windows, épaisses portes en bois. Elles étaient particulièrement coquettes. Lucien éteignit le moteur, jeta un œil à Maguelone, qui avait déjà jailli de la voiture et les attendait de pied ferme, puis se retourna.

— Hé, les marmottes, on est arrivés ! lança-t-il d'une voix de stentor.

Avachie, sa sœur dormait à poings fermés, son fils blotti sous son aile. Elle semblait trop grande pour cet espace… Compressée, et pourtant sereine. Un petit air de madone. Roméo ronflait légèrement. Twix doublait la mise, produisant à chaque inspiration le son d'un train entrant en gare.

— Twix ! Roméo ! Cristalline ! On est arrivés, répéta Maguelone d'une voix douce, mais pressante, en se penchant pour toquer à la vitre.

Lucien étira le bras pour secouer sa sœur. Cristalline ouvrit un œil, puis un deuxième et sourit.

— J'ai bien dormi, dit-elle en bougeant légèrement, réveillant au passage Roméo.

— On y est ? demanda ce dernier, son petit visage encore froissé par le sommeil.

— On dirait bien, mon chéri, lui souffla Cristalline.

Roméo se redressa d'un bond. Micheline Ostermeyer sauta de ses genoux, glissa sur le siège avant et s'élança sur le trottoir pour arroser un réverbère, comme à son habitude. Twix, qui était lui aussi sorti des bras de Morphée, s'empressa de s'extraire du véhicule pour s'étirer.

— Vous voulez que je prenne vos bagages ? proposa-t-il d'un ton à la fois bourru et aimable.

— Plus tard, s'impatienta Maguelone.

Elle faisait tourner sa clef autour de son index, à deux doigts de taper du pied et de lever les yeux au ciel.

— On verra ça après. J'ai envie de découvrir la maison, ajouta-t-elle en se mettant en marche.

Branle-bas de combat. Ils avancèrent tous les cinq vers le numéro 33, Micheline Ostermeyer trottinant fièrement devant eux, malgré son apparence miteuse. Ils allaient loger chez Maguelone… Lucien n'aurait pas à lui dire au revoir ce soir ! Son cœur ronronna de satisfaction.

25… 29… Et… 33.

Il y eut un hoquet de surprise, deux « ho ! » et un « merde ». À chacun sa réaction, mais tous eurent probablement la même pensée : *ils avaient dû faire erreur.*

— C'est allumé, constata Lucien, dépité.

— Oui, répondit Maguelone d'un ton incertain. Mais…

Elle fouilla dans sa poche, extirpa le papier sur lequel elle avait inscrit l'adresse de sa nouvelle maison et le relut attentivement.

— Je ne me trompe pas, pourtant. C'est bien ici ! affirma-t-elle.

Mais sa voix flanchait. Elle les regarda, angoissée. Sa belle gaieté s'était évanouie. Lucien eut envie de la serrer contre lui.

— Ta tante ne l'aurait pas léguée aussi à d'autres personnes de ta famille ? intervint Cristalline d'un ton posé, celui qu'elle utilisait pour calmer Lucien quand, ado, il se tapait des crises de spasmophilie à n'en plus finir. Un frère ? Une sœur ? Des cousins ? Un bien partagé, quoi !

— Non, répondit Maguelone sans hésiter. Il n'y a que moi. Le notaire que j'ai rencontré a été clair à ce sujet.

— Alors je ne vois qu'une explication, dit Twix sombrement. Il y a des squatteurs dans ton humble demeure.

Lucien avait là une excuse toute trouvée pour passer un bras protecteur et réconfortant autour des épaules de Maguelone. Il frémit quand elle se laissa aller contre lui.

— Mais oui ! lança Cristalline en se frappant le front de sa grande main. J'ai lu un article à ce sujet, une fois, dans *Détective* ! Une bande de malfrats avait investi une maison et refusait de céder la place au propriétaire légitime.

— Tu achètes encore ce torchon ? s'indigna Lucien.

Cristalline le foudroya du regard.

— Bien sûr ! Je te signale que *ce torchon* n'a pas peur d'exposer la vérité aux yeux de tous. Respecte *Détective*, s'il te plaît.

— Attends, l'interrompit Lucien en se détachant de Maguelone pour se planter face à elle. Tu ne peux pas me dire de…

— Je crois qu'on a plus urgent qu'un débat sur *Détective*, non ? s'indigna Maguelone en se glissant au milieu du groupe.

L'effet fut immédiat : frère et sœur se turent et le silence plana entre eux, jusqu'à ce que Roméo, se tortillant, le brise.

— Il faut que j'aille aux toilettes.

Lucien ne put s'empêcher de pouffer. Son neveu le toisa.

— Pardon, mon bonhomme. Mais il va falloir que tu te retiennes, le temps qu'on appelle les flics.

Roméo pâlit.

— J'ai vraiment envie.

— Il a envie, répéta Cristalline d'une voix forte.

Elle jeta un coup d'œil à Twix. Lucien la voyait venir. Et il était absolument hors de question qu'ils délogent eux-mêmes les mecs à l'intérieur.

— Twix, tu le sens comment ? poursuivit-elle. On tente de voir ce qui se passe là-dedans ?

Ce dernier réfléchit quelques instants. Il considéra Maguelone, se fit craquer les phalanges… et acquiesça. Le fou ! Cristalline l'avait contaminé ! Il fallait les ramener dans le droit chemin de la raison.

— Et si on se retrouve dans un repaire de toxicomanes ? Pire ! Un rassemblement de la mafia ? suggéra-t-il d'un ton anxieux.

— Moi, je penche pour le groupe d'ados désœuvrés, lança Twix en haussant les épaules.

— Un squat d'artistes ? proposa Maguelone avec espoir.

— On va vite le découvrir, ajouta Cristalline, qui s'était avancée et poussait déjà la grille du jardin. Roméo, toi, tu restes derrière avec Lucien-le-couard, et tu veilles sur Maguelone, OK ? Tu les auras, tes toilettes tout confort, je te le jure !

Le couard ? Elle paierait pour ce coup bas, même s'il devait s'avouer qu'il n'était pas fâché de se trouver en deuxième ligne.

Ils parcoururent l'allée à pas de loup et, une fois à la porte, tendirent l'oreille. Pas un bruit. Cristalline fit un signe de tête, indiquant à Maguelone de passer à l'action. Les doigts tremblants, cette dernière glissa sa clef dans la serrure et la tourna précautionneusement. Le loquet céda. Lucien sentit les poils de sa nuque se hérisser alors qu'elle dressait le pouce de la victoire à l'adresse de Cristalline qui l'écarta doucement pour entrer la première. Elle poussa le battant et s'engagea, suivie de près par Twix qui serrait ses gros poings, puis de Lucien, Roméo et Maguelone… Ils se trouvaient dans un couloir sombre, à la queue leu leu, aux aguets. Silence et discrétion de rigueur.

Et le ventre de Roméo gargouilla.

Twix se retint difficilement de rire. Maguelone fit « chut ». Lucien comprit qu'ils s'apprêtaient à se coller dans de beaux draps.

— Avançons, murmura Cristalline, seule à demeurer concentrée.

Elle effectua un pas. avant de se figer et de lâcher un cri. Lucien distingua une silhouette qui leur faisait face, armée d'un revolver. On hurla, on supplia, on sursauta, on pleura.

Bon sang, Cristalline ! Tu t'attendais à quoi en nous traînant ici ? songea Lucien, hors de lui, en veillant bien à ce que son neveu et Maguelone soient en sécurité derrière lui.

— Qui va là ? piailla l'ombre.

Concert de protestations frénétiques :

— Ne tirez pas !

— Je vous en prie !

— Ne faites pas ça !

Tous levèrent les mains en l'air alors que la sinistre silhouette s'approchait, allumant au passage la lumière du couloir. Ce fut au tour de Maguelone de pousser un cri strident.

— Victoria ? lâcha-t-elle d'un ton stupéfait.

Chapitre XV

Maguelone

L'Apparition abaissa son arme, claqua la langue contre son palais et observa Maguelone des pieds à la tête, l'air réprobateur.

— Tiens, Maguelone. On ne peut pas dire que tu te sois précipitée pour venir !

Silence de mort. Les yeux de la femme balayèrent le groupe.

— Pourquoi ces mines affolées ? Regardez-vous, pareils à des statues de sel ! On ne joue pas à 1, 2, 3, soleil. Allons, ressaisissez-vous, jeunes gens ! J'ai…

— Mais c'est impossible ! Tu es morte !

Sous le choc, Maguelone avait repoussé Lucien, Twix et Cristalline pour se placer devant *Elle*. Ses pensées se bousculaient dans son esprit. Pas de doute : il s'agissait bien de sa tante.

À moins que ce ne soit… son fantôme ?

Sa mère l'avait prévenue : Victoria était tellement mauvaise qu'elle était capable de hanter les lieux. « Et pas à la manière de Casper, crois-moi ! » avait-elle ajouté d'un ton sinistre. Maguelone frémit, alors que leur hôtesse continuait son monologue, la voix chargée de reproches, hermétique à la stupeur de ses visiteurs.

— Mon Dieu, vous m'avez fait une de ces frayeurs ! Maguelone, tu n'aurais pas pu entrer franchement au lieu de faire irruption à la manière d'une voleuse de bas étage ?

Elle consulta sa montre avant de poursuivre, comme pour elle-même :

— Une heure du matin. Pas vraiment l'heure du brandy. Sauf en cas de situation extrême. Et je considère que c'en est une. Allez… un petit verre pour me remettre !

Maguelone respira. Voilà qui réglait la question : les fantômes ne buvaient pas de brandy. Les humains, si. Elle avait donc bien affaire à sa tante… ou plutôt au pâle reflet de ce qu'elle était quand Maguelone l'avait rencontrée, vingt ans auparavant. Victoria devait avoir une soixantaine d'années, maintenant. Elle en paraissait le double. Son visage était gris ; ses yeux turquoise, agrandis par ses lunettes, injectés de sang. Autour de sa bouche desséchée s'épanouissait une marée de ridules. Mince auparavant, elle était désormais décharnée. Elle conservait pourtant cette élégance qui la caractérisait : pyjama en satin crème délicat ; chignon coiffé-décoiffé à en faire tomber les ciseaux des mains de Jacques Dessange, ongles soigneusement manucurés.

Tout cela était incompréhensible. Maguelone avait-elle été victime d'une bonne vieille plaisanterie ?

Elle avait cru hériter d'une maison incroyable à Londres, avait rencontré un notaire, signé les papiers… et surprise ! C'était pour du beurre. Elle ne voulait pas retourner en France. Elle refusait de reprendre sa vie avec Jean-Pierre. Mince ! Un poil de bonheur et de chance, ce n'était pourtant pas trop demander !

— Victoria ? répéta Maguelone.

Il fallait mettre les choses au clair, exiger une explication, puis aviser. Victoria avança de quelques pas, toujours armée. Maguelone recula. Sa tante se figea et leva les yeux au ciel avant de déposer son revolver sur le guéridon, juste à côté d'elle.

— Oh, ça ! Ne crains rien. Mon Colt 66 n'est jamais chargé. Ce n'est qu'un leurre bien utile en cas d'intrusion. Je n'irais pas jusqu'à tuer quelqu'un. Pas que je n'en serais pas capable, ma chère, mais croupir dans une prison insalubre… Très peu pour moi !

Maguelone ne sut que répondre. La scène était surréaliste. Sa tante comptait-elle discuter longtemps l'air de rien, comme si elle n'était pas censée être six pieds sous terre ?

— Je ne comprends pas, attaqua Maguelone avec fermeté. On m'a annoncé que… tu devais être…

— Décédée ? compléta sa tante avec un sourire dégoulinant de satisfaction. Oui. Et je ne le suis pas. J'avoue que j'ai bien placé mes pions et que tu t'es laissé piéger comme une débutante. Mais je n'en attendais pas moins de toi. Après tout, tu es la fille de ta mère. Si naïve, si gentille…

— Je ne te permets pas de… rétorqua Maguelone, sa voix voltigeant dans les aigus alors que les restes de sa patience s'évanouissaient.

— Déçue ? l'interrompit Victoria en plissant les yeux.

Nul doute que Maguelone l'était. Elle eut d'ailleurs soudainement envie de saisir le Colt 66 de sa tante et de lui asséner un bon coup sur le crâne afin de rétablir la situation initiale : Victoria morte ; sa nièce, propriétaire de la maison. Mais elle n'en fit rien, parce qu'elle s'efforçait toujours de réfléchir avant d'agir. Elle inspira donc longuement et expira en trois temps pour se calmer. Elle sortait tout juste d'une rupture cauchemardesque avec une brute, ça n'était pas pour sauter sur une vieille dame sous les yeux d'un enfant.

— Je suis surtout étonnée, et j'aimerais que tu m'expliques.

— Mais bien sûr, rétorqua Victoria d'un ton rieur. Vois-tu, je…

— Maman, j'ai *vraiment* envie d'aller aux toilettes, intervint Roméo d'une voix tremblante.

Maguelone sentit un mouvement derrière elle, un frôlement contre ses jambes. Roméo et Micheline Ostermeyer avancèrent pour se placer aux côtés de Victoria.

— Mon Dieu, qu'est-ce donc que cette ignoble créature ? Un… chien ? demanda la vieille dame, ignorant totalement le petit garçon.

— Un magnifique caniche ! gronda Cristalline.

Victoria fronça les sourcils, s'accroupit et regarda Micheline Ostermeyer droit dans les yeux.

— Dieu que cette chose est laide. Je n'ai jamais rien vu de pareil ! On dirait un chien chinois à crête – sans crête. Cela dit, cette bête est originale. C'est déjà ça. Viens saluer Victoria, petit monstre !

— Elle s'appelle Micheline Ostermeyer !

Cristalline était visiblement à deux doigts de s'énerver, mais cela ne semblait pas troubler Victoria, qui l'ignora superbement.

— Allez, crapule ! Un peu de politesse !

Micheline hésita, grogna, puis poussa un jappement timide. Le dos arrondi, elle s'approcha finalement de la vieille dame et accepta avec une joie non dissimulée ses caresses. Cela détendit Cristalline, qui rejoignit leur hôtesse pour la saluer.

Maguelone sentit le souffle de Lucien contre son oreille.

— Cette dame, c'est bien ta tante, alors ? chuchota-t-il.

Maguelone confirma, tandis que Victoria reportait son attention sur Roméo. Le pauvre se tortillait, écarlate, visiblement au bord de l'apoplexie.

— Bonsoir, jeune homme, dit-elle. Je vois que ton petit souci t'empêche de faire preuve de la plus élémentaire des courtoisies, mais je ne t'en veux pas. Va tout au fond, à droite.

Roméo ne se fit pas prier : il saisit la main de sa mère, sûrement peu rassuré à l'idée de s'aventurer seul dans cette maison, et ils partirent en sprintant, suivis de près par Micheline Ostermeyer. Quant à Maguelone, qui méditait toujours sur la non-mort de sa tante, elle se retourna vers Lucien et Twix, que la situation semblait amuser.

Victoria soupira, ôta ses lunettes, attrapa un mouchoir en soie dans sa poche de pyjama et essuya ses verres.

— J'imagine que nous devons parler, Maguelone, lança-t-elle d'un ton las.

— Je crois que ça s'impose, en effet.

— Heu… Nous allons vous laisser en famille, proposa Lucien, visiblement embarrassé. Maguelone, est-ce que tu pourras dire à Cristalline et Roméo que nous les attendons dans la voiture et…

— Ah non ! protesta-t-elle. J'étais censée arriver dans une maison vide. Dans *ma* maison. Il se trouve qu'elle est… heu… *encore occupée*, mais ça ne change rien à mon invitation. Vous restez.

— Mais oui ! Plus on est de fous, plus on rit, n'est-ce pas ? renchérit Victoria, d'un ton docte. Et vous me semblez être des spécimens intéressants. Surtout vous, avec votre main abîmée et votre mise de sauvageon !

— Victoria ! s'exclama Maguelone, en jetant un œil à Twix, que sa tante montrait du doigt.

Maguelone était outrée, mais Twix haussa les épaules et sourit.

— Vous n'avez qu'à vous installer dans le petit salon, juste là, proposa Victoria en leur faisant signe de la suivre.

Elle avança dans le couloir et ouvrit la première porte à sa gauche. Ils pénétrèrent tous les quatre dans une pièce… spectaculaire. Au milieu trônait une gigantesque table en bois ronde, sur laquelle était posé un gros globe terrestre. Maguelone s'en approcha, foulant ainsi le tapis le plus épais, le plus travaillé qu'elle ait jamais vu. Il était écarlate, traversé de somptueuses arabesques émeraude. Le plus formidable était les esquisses à l'encre représentant Sherlock Holmes, accrochées çà et là : l'enquêteur à la pipe sur une scène de crime… puis dans son bureau, occupé à fumer de l'opium, ou en pleine campagne, vêtu de sa fidèle veste à carreaux. Une bibliothèque immense couvrait le mur de gauche et atteignait le plafond. Les lourds rideaux étaient tirés et quantité de petites lampes diffusaient une lumière douce, orangée. C'était vieillot et superbe à la fois. Lucien et Twix admiraient eux aussi les lieux jusqu'à ce que Victoria ne les brusque :

— Allons, ne restez pas plantés ainsi comme des poules ayant égaré leur coq. Asseyez-vous ! Servez-vous au bar, juste ici, et buvez cul sec. Cela vous rendra peut-être un peu plus loquaces. Dieu que les hommes sont niais, de nos jours !

Lucien ouvrit la bouche, puis la referma sans trouver quoi que ce soit à répliquer, pendant que Twix s'exécutait. Maguelone poussa un soupir désapprobateur. Sa tante était un véritable cauchemar, et semblait avoir un don pour vous clouer le bec.

— Je vous laisse, messieurs. Je dois parler avec ma nièce.

Elle attrapa le bras de Maguelone d'une poigne de fer et l'entraîna dans le couloir, où elles tombèrent nez à nez avec Roméo et sa mère.

— Te sens-tu mieux, à présent ? demanda Victoria à Roméo, alors que Maguelone échangeait un regard perplexe avec Cristalline.

Roméo hocha la tête.

— Mon petit, il faudra veiller à t'exprimer un peu plus. Ce monde ne fait pas de cadeaux aux introvertis dans ton genre.

Maguelone rougit de honte ; Cristalline, de colère. Elle serra les poings, mais Victoria poursuivit sur sa lancée :

— Offrez donc une orangeade à votre fils, dans le frigidaire de la cuisine, première porte avant les toilettes. Puis rejoignez vos camarades au petit salon. Je suppose que, robuste comme vous êtes, vous accepterez un remontant ? Whisky pur malt des Highlands. Je vous le recommande. À tout à l'heure.

Victoria resserra sa poigne sur le bras de Maguelone, planta là une Cristalline et un Roméo abasourdis, pour introduire sa nièce dans une pièce d'un style très différent.

— Le séjour Austen ! annonça-t-elle avec une révérence. Lieu idéal pour une petite discussion entre femmes.

Effectivement, la tapisserie fleurie, le lustre rosé et le long canapé en velours mauve étaient d'un romantisme débridé.

— As-tu mis le doigt sur le thème du salon dans lequel j'ai laissé tes amis ?

— Sherlock Holmes ?

Voilà qu'elle jouait aux devinettes. Quand entreraient-elles enfin dans le vif du sujet ?

— Bravo ! Tu connais tes classiques à ce que je vois. Souhaites-tu boire quelque chose ? Un petit sherry ? J'en prendrai moi-même un double.

— Volontiers, avec une louche de vérité, la provoqua Maguelone, lasse de tourner autour du pot.

Victoria s'approcha d'une desserte, s'empara de deux verres, y versa le liquide ambré et alla s'asseoir sur le canapé, lui faisant signe de la rejoindre. Maguelone s'exécuta en fixant sa tante avec sévérité. Elle ne la laisserait plus se défiler. L'heure des explications avait sonné. Elle décida d'attaquer :

— J'aimerais comprendre. Tu n'as pas l'air surprise de me voir. C'est donc que tu m'attendais. Mais tu es là, en chair et en os, alors que j'ai rencontré ce notaire, que j'ai signé ces papiers…

— Faux notaire, faux papiers ! s'exclama Victoria avec un petit rire qui se mua en vilaine toux.

Maguelone eut furieusement envie de lui faire avaler son sherry par les trous de nez.

— C'était donc une plaisanterie de mauvais goût. Mais pourquoi ? Embêter ma mère en me menant en bateau ? Elle visait juste quand elle disait que tu étais cruelle.

Le sourire de Victoria s'effaça. Elle baissa un instant les yeux et, quand elle les releva, ils exprimaient le défi.

— Je ne le nie pas. Claire m'en veut et elle a raison.

— Pourquoi lui as-tu fait du mal au point qu'elle refuse de te parler ?

— Je vais tout te raconter. Mais ne m'interromps pas, s'il te plaît. Cela m'horripile.

Maguelone prit sur elle pour acquiescer et lui fit signe de poursuivre.

— Prête pour la grande confidence ? demanda Victoria avec un ricanement. Quand Claire est née, j'avais dix ans et je n'étais plus considérée par mes parents comme une enfant depuis longtemps. J'étais surdouée, vois-tu. Enfin, à l'époque, on ne disait pas cela ainsi, mais j'étais très en avance sur mon âge. Mon père m'ignorait, trop occupé par ses affaires, et ma mère… Eh bien, elle me traitait comme une adulte. Comme sa confidente, pour être plus précise. Elle était dépressive. Claire te l'a raconté, ça ?

Maguelone fouilla sa mémoire.

— Elle m'a dit qu'il lui arrivait d'être mélancolique, de se perdre dans ses pensées de temps en temps, rien de vraiment sérieux.

— Évidemment. Nous n'avons pas la même vision des choses, car nous avons vécu cette époque différemment. Ma mère monologuait pendant des heures et, moi, je ne disais rien. Il ne fallait pas rétorquer sinon j'en prenais pour mes frais. De rares fois, elle était enthousiaste et affectueuse et m'emmenait alors faire un tour de manège ou m'achetait une glace. Mais c'était bref et si exceptionnel ! Et puis ta mère est née. C'était une surprise. Mes parents la surnommaient « le miracle », comme si je n'avais été qu'un essai. Un brouillon. Ils étaient aux petits soins pour elle, s'extasiaient sur le moindre de ses gestes.

Maguelone ne put s'empêcher d'éprouver de la peine pour cette vieille carne.

— Et toi ? Ils ne te prêtaient plus attention ?

— Pas le moins du monde. J'étais une grande, presque une adulte pour eux !

— Alors tu as détesté ma mère.

— C'est exact.

— Et tu as tenté de la noyer.

— Vrai. Même si j'ignore encore si je voulais vraiment la tuer. Ce n'était pas réfléchi, prémédité. Nous nous baignions à la rivière et chahutions en nous aspergeant. Soudain, j'ai tenu sa tête sous l'eau plus longtemps que prévu. Quand elle s'est débattue, je me suis sentie puissante. L'espace d'un instant, j'ai souhaité qu'elle y reste. Mais j'ai finalement repris le contrôle sur moi-même, et je l'ai libérée. Quand elle est sortie, qu'elle a toussé et qu'elle m'a regardée d'un air à la fois consterné et effrayé, j'ai su qu'elle avait vu clair dans mon jeu. Et j'étais heureuse. Heureuse qu'elle comprenne que sa vie parfaite pouvait s'écrouler à tout moment.

— C'est affreux, murmura Maguelone.

— Mais je suis affreuse ! répliqua Victoria avec une fierté provocante.

Maguelone corrigea aussitôt sa tante :

— Je voulais dire, pour vous deux.

— Ah…

Victoria sembla surprise, mais, très vite, elle reprit bonne figure, termina son brandy et dévisagea Maguelone, qui poursuivit :

— Maman m'a dit que tu as continué sur ta lancée et que tu as fini par lui voler son petit ami.

— En effet.

— Pourquoi ?

Victoria haussa les épaules.

— Pour la blesser. Pour m'amuser. J'ai passé notre adolescence à la faire tourner en bourrique, cette Miss Parfaite qui collectionnait d'irréprochables bulletins, de fabuleux scores en athlétisme et de jolies couronnes de reine du bal du lycée.

— Mais son petit ami ? Enfin ! Tu avais trente et un ans ! Elle, vingt et un ! Tu n'étais toujours pas passée à autre chose ? Tu la jalousais encore ?

— Vois-tu, la rancune est un vilain défaut. J'appartiens à la catégorie des ruminants, bien qu'ils ne possèdent pas mon élégance.

Les cils de Victoria papillonnèrent et son expression se fit coquette. Mais cela ne dérida pas Maguelone.

— Tu aurais dû en vouloir à tes parents, martela-t-elle.

— J'ai coupé les ponts avec eux. Peu de temps après cette histoire de fiancé, j'ai rencontré un Anglais qui m'a fait battre le cœur. Pour de bon, cette fois. Il m'a demandé de l'épouser et de le suivre à Londres. Des kilomètres entre moi et ma famille, c'était trop beau pour être vrai !

Victoria désigna la pièce.

— Au début, les parents de Henry ne m'ont pas acceptée : j'étais bien trop mal fagotée, et peu au fait des convenances sociales. Quelle bande de bourgeois ! Mais ils avaient raison. J'ai donc travaillé sans relâche et suis devenue la femme élégante que tu as rencontrée quand tu étais petite. J'ai aimé Henry. Malheureusement, le pauvre homme est mort en janvier dernier. Il avait vingt ans de plus que moi. Je savais qu'il partirait tôt, mais pas si vite. Une crise cardiaque, en pleine partie de golf. Enfin, pour être tout à fait exact, en pleine partie de galipettes avec le ramasseur de balles dans les vestiaires.

Maguelone ne sut que répondre. *Le salaud ? Bien fait pour toi ? Vive le karma ? De manière générale, les hommes sont désolants ?*

— Toutes mes condoléances, lança-t-elle finalement avec sobriété.

Victoria balaya l'air d'un revers de la main.

— Oh, merci ! C'est digéré. Ce que j'ai grand mal à accepter, en revanche, c'est de le suivre si rapidement.

— Comment ça ?

— Je suis malade, Maguelone, chuchota sa tante, l'air soudain étonnamment vulnérable. Un bon vieux cancer carabiné. Je vais mourir et je n'ai personne puisque je suis une horrible mégère. Je prends plaisir à dire des choses blessantes aux gens. Je ris si une grand-mère tombe dans la rue. Je trouve les bébés affreusement laids, et…

— Victoria, la stoppa doucement Maguelone. Pourquoi suis-je là ?

— Parce que j'ai peur de mourir seule et que tu es l'unique personne dans ce monde qui voudrait peut-être rester avec moi jusqu'à la fin. Claire n'accepterait jamais. En revanche, toi… Cette histoire de donation était un mensonge destiné à t'attirer chez moi. Le notaire était le meilleur ami de ton père, qui l'a d'ailleurs couvert lors de ses escapades. Il me devait bien ça. Il était avocat avant sa retraite, donc tout à fait capable de produire d'impeccables faux documents. Cela dit, je ne t'ai pas menti sur toute la ligne. J'aimerais que tu possèdes cette maison en usufruit et ainsi, à ma mort qui devrait être proche, tu en détiendrais les clefs.

Maguelone ne sut que dire, tiraillée entre l'envie de fuir cette sorcière et celle de demeurer à ses côtés. Victoria était mauvaise et sans scrupules : elle devrait refuser, sans même y réfléchir à deux fois. Cohabiter avec celle qui avait martyrisé sa mère… Quelle idée ! Pourtant, Maguelone se connaissait par cœur : jamais elle ne pourrait tourner le dos à une femme qui agonisait. Sa conscience ne le supporterait pas. Cette aventure n'était pas celle qu'elle avait imaginée, mais quoi ? Après tout, une aventure n'en était pas une, sans sa part d'imprévu !

— Je ne veux pas rester si tu passes ton temps à me faire souffrir, lâcha-t-elle après quelques minutes de silence. Les mots font plus mal que tout.

Victoria serra les lèvres avant d'acquiescer.

— Je tâcherai de me tenir correctement. Marché conclu ?

— *Deal* ! affirma Maguelone, avec la vague impression de s'acoquiner avec Satan (ou au moins son suppôt).

Victoria poussa un soupir de soulagement qui se transforma en bâillement.

— Très bien. Maintenant, si tu me le permets, je vais me coucher. Tes amis et toi pourrez dormir à l'étage. Il y a quatre chambres. La mienne est au rez-de-chaussée.

Victoria se dirigea vers la porte et fit volte-face avant de sortir :

— Au fait, il faudra que tu m'expliques comment tu es devenue un canard boiteux ; il me semble que, la dernière fois que je t'ai vue, tu sautillais comme un écureuil.

Maguelone grogna. Si *ça* c'était sa tante en train de faire preuve de tact, elle n'était pas au bout de ses peines.

Chapitre XVI

Cristalline

— Spéciale, la tata, non ? lança Cristalline en pénétrant dans le salon. Pour une morte-vivante, elle a la langue bien pendue.

— C'est clair ! approuva Lucien. Cela dit, elle n'avait pas tort au sujet du monstre.

Toujours partante pour voler au secours de l'honneur de sa chienne, Cristalline menaça Lucien de son poing. Trop occupée à lécher les gouttes de jus d'orange qui coulaient de la cannette que Roméo buvait goulûment, Micheline Ostermeyer, elle, n'avait pas relevé l'offense.

— Modère tes propos, neurone d'huître !

— *Dixit* le tas de muscles sans cervelle !

— Gare à tes fesses d'artiste à la manque !

Lucien, déjà à court d'arguments, lui sourit avec flegme. Cristalline l'imita quand il leva son verre.

— Tchin !

Le tintement des glaçons et le liquide doré la firent saliver.

— Qu'est-ce que vous buvez ?

— Un whisky à tomber par terre ! répliqua Twix, la mine extatique.

Effectivement, la rasade qu'il venait de s'enfiler aurait couché une équipe de foot.

— Un petit pousse-au-crime, sœurette ? proposa Lucien.

Cristalline ne se fit pas prier. Mais, avant de les rejoindre, elle s'accroupit face à Roméo. Priorité absolue, loin, loin devant le plaisir de l'alcool fort picotant sa langue et brûlant sa gorge.

— Tu as fini ton jus d'orange ? murmura-t-elle en embrassant le creux de son poignet. Oui ? Bien ! Donne-le-moi. Il est tard, trésor de mes jours. Tu veux aller te coucher ?

Son fils eut l'air effrayé.

— Pas tout seul !

Cristalline comprenait. Le revival en grande pompe de tata Démon avait dû lui faire un drôle d'effet. Elle se redressa et balaya la pièce du regard.

— Tu t'allonges sur le canapé, juste ici, et, quand j'irai au lit, je te prendrai avec moi. Tu es d'accord ?

Il l'était. Il esquissa l'ombre d'un sourire avant de se pelotonner dans le velours moelleux, talonné par Micheline Ostermeyer. *Un monstre ? N'importe quoi ! Ce caniche, même à poil – ou plutôt sans poils – était splendide*, se répéta-t-elle intérieurement en s'approchant de Twix et de son frère. Elle s'affala dans le troisième fauteuil, qui lui tendait les bras, et soupira de contentement. Les choses s'annonçaient bien, finalement : Lucien semblait plus léger. Twix était chouette, et Maguelone, providentielle.

Surtout, Roméo était sur la bonne voie. C'est donc avec un sourire radieux qu'elle prit la parole :

— Alors, les mecs : vous comptez descendre la bouteille sans moi ou vous me servez un remontant ?

Twix bondit sur ses pieds, attrapa un verre dans le buffet derrière lui et se rassit pour s'exécuter.

— Tu nous en diras des nouvelles ! lança Lucien d'une voix un peu chevrotante.

Visiblement, ils n'en étaient pas à leur première tournée. Cristalline huma le parfum de l'alcool, savoura sa finesse et avala une petite gorgée. C'était incroyable. Elle but tout d'un trait et tendit à nouveau son verre en riant.

— Une autre, tavernier ! Trinquons à notre arrivée.

Lucien se pencha pour attraper la bouteille. Il la rata. Cristalline ne lui fit pas l'affront de le souligner.

— La première phase du plan est accomplie, lança-t-elle plutôt. Nous voilà à Londres, à un cheveu de la reine !

— Un *crin*, oui ! Et pas des moindres ! commenta Lucien. L'étape suivante ne sera pas de la tarte. La rencontrer ! Franchement, tu y crois ?

— Lucien et son énergie, sa motivation, son optimisme ! répliqua Cristalline. Bien sûr que j'y crois. Twix, si tu étais à notre place, tu aurais foi en nous, pas vrai ?

Il n'hésita qu'une fraction de seconde avant d'acquiescer. Cristalline mit cela sur le compte du whisky. Il était de notoriété publique que l'alcool ralentissait les réflexes.

— On va commencer tout doux avec un beau mail, dès demain, décida-t-elle. Doublé d'un courrier pour plus de sûreté. Peut-être qu'Élisabeth préfère les papiers parfumés. Hein, Lucien ; une chance que tu en connaisses un rayon là-dessus !

— Je ne pige pas, commenta Twix.

Lucien leva les yeux au ciel alors que sa fossette se creusait sur sa joue, signe d'amusement.

— Ma sœur fait référence à l'une de mes glorieuses aventures. Il y a prescription, j'étais en sixième, mais elle a une mémoire démoniaque des détails embarrassants de mon passé.

Cristalline se tourna vers Twix. L'occasion était trop belle.

— Lucien était amoureux d'une fille. Comment est-ce qu'elle s'appelait, déjà ?

— Agathe, soupira son frère.

— Agathe, oui. Lucien lui a envoyé une douzaine de lettres enflammées parfumées au… au… Je te le donne en mille ! Au Febreze.

Twix éclata de rire.

— Au Febreze ? Le truc qu'on pshitte sur les vêtements qui cocottent ?

— Ou dans les chaussures qui empestent ! La chère Agathe avait le nez fin, parce qu'elle a reconnu la senteur.

— On m'a surnommé Feb' jusqu'en troisième, conclut Lucien en se frappant la poitrine d'un air faussement tragique.

Cristalline asséna le coup de grâce :

— Et Agathe n'a pas succombé à ses charmes.

— Tu m'étonnes, lança Lucien. J'aurais voulu utiliser autre chose, mais je n'avais que ça sous la main ! Maman planquait ses parfums sur la plus haute étagère de la plus haute armoire de la maison, bien loin de la maladresse de sa fille…

L'amertume envahit Cristalline en songeant à sa mère : parfois, il lui arrivait de penser, puis de s'en vouloir aussitôt, que ça aurait été mieux si c'était *elle* qui était morte, et non Papou.

Comment une femme si aimante avec son époux avait-elle pu se montrer si indifférente envers ses enfants ? Une fois, Cristalline en avait parlé à son père. Elle lui avait demandé : « Pourquoi elle ne nous aime pas ? » Il avait pris un air faussement détendu, malgré son stress palpable. « Bien sûr, qu'elle vous aime ! » avait-il répondu en tapotant le nez de Cristalline (il était en train de lui faire essayer des lunettes molles : les branches ressemblaient furieusement à de la pâte à modeler et on pouvait les adapter parfaitement au visage). Cristalline avait insisté : « Non, elle ne nous aime pas. Elle nous regarde de la même manière que la viande à la boucherie. » (La mère de Cristalline et Lucien était végétarienne.) « Allons, allons… Tout le monde ne montre pas son affection de la même manière. Elle n'est peut-être pas très… *démonstrative* avec vous, mais elle vous aime et vous protégerait contre tous les dangers. » Cristalline n'avait pas été dupe et son père avait changé de sujet. « Alors, ces lunettes ? Réussite absolue ou réussite absolue ? »

Échec total : elles avaient fondu au soleil dès que Cristalline avait mis le nez dehors. Elle s'était retrouvée avec un liquide gluant dans les yeux. Le rinçage à grandes eaux n'y avait rien fait. Elle avait été aveuglée pendant une semaine. Vaquant à ses occupations comme si de rien n'était, sa mère s'était contentée de passer devant le clic-clac où reposait Cristalline alors que son père se lamentait à son chevet.

Cristalline jeta un œil à son fils, déjà profondément endormi sur le canapé, Micheline Ostermeyer pelotonnée contre lui. Roméo respirait paisiblement, son poing refermé sur l'oreille de la chienne.

Dieu ce qu'elle l'aimait, son petit bonhomme ! Pas à moitié, pas pudiquement, mais pour toujours, à s'en briser les côtes. À l'exact opposé de sa mère.

— Hé ho !

Elle sursauta. Lucien agitait une main devant elle.

— Quoi ?

— Pas vrai que tout le monde, moi le premier, te voit comme la future gagnante du championnat national ?

Plongée dans ses pensées, elle n'avait même pas remarqué qu'ils parlaient d'elle.

— Mon coach y croit dur comme fer. Moi, je ne sais pas. Prions pour que cette escapade de débauche ne mette pas mes chances en l'air, répondit-elle en tendant son verre.

Lucien la resservit en riant :

— Tant qu'à risquer de tout gâcher, autant y aller franchement.

Et voilà. Il louchait légèrement. Le verdict était sans appel : il avait trop bu.

— Cristalline… tu m'impressionnes ! s'exclama Twix d'une voix pâteuse. Je ne me suis jamais intéressé à l'athlétisme, mais, maintenant, je te suivrai de près, crois-moi.

Son ivresse égalait celle de Lucien.

— Tu fais du sport, vu tes biceps, non ? lui demanda ce dernier, en comparant ses bras maigrelets et ceux de Twix, impressionnants.

— Oh ! Rien d'extravagant. De la boxe thaïe, une fois par semaine. J'ai commencé en prison et…

Il s'interrompit et se mordit la lèvre.

— Le whisky m'a toujours trop fait causer.

Lucien se rapprocha de lui, intrigué et légèrement admiratif :

— Tu es allé en taule ? Raconte !

Twix hésita. Il jeta un coup d'œil à Cristalline, qui lui adressa un sourire encourageant :

— Tu peux lui faire confiance, le rassura-t-elle. Lucien est une tombe.

Alors, Twix déballa son histoire pour la deuxième fois en vingt-quatre heures.

— Cleptomanie. C'est dur, ça ! En tout cas, bravo, mec : un an sans piquer de trucs, tu peux être fier de toi ! le félicita Lucien.

Twix haussa les épaules.

— C'est un combat quotidien.

— Tu as encore des tentations ?

— Tout le temps ! Mais ma psy m'a appris plusieurs techniques pour tenir le coup.

— Comme quoi ?

— Centrer mon attention sur autre chose, en période de crise. La cuisine, par exemple. J'adore pâtisser. Les macarons, les babas au rhum, les soufflés…

Son visage prit un air rêveur. Il se laissa aller quelques secondes, puis sursauta.

— Mais je parle trop.

— Et ce que tu viens faire ici, c'est en lien avec tout ça ? demanda Cristalline, s'en voulant un peu d'enfoncer une porte ouverte, mais ne pouvant y résister.

Il la contempla, méfiant. Elle lui opposa son plus beau sourire.

— C'est-à-dire que… heu… balbutia Twix.

— On est entre nous, insista-t-elle. Si ça se trouve, on peut même t'aider entre deux visites à Buckingham. Allez ! Buvons un coup et plongeons dans le grand bain des confidences.

Quand tous furent resservis, Twix s'empara de son verre et l'enfila cul sec.

— C'est gênant, commença-t-il.

— Voyons ! le pressa Cristalline. Lucien et moi, nous ne sommes pas du genre à juger ! Tu n'as pas prévu de cambrioler Harrods, quand même ?

— Pas vraiment. C'est plutôt le contraire. Je voudrais qu'on me vole quelque chose, murmura Twix d'une voix minuscule qui tranchait avec son allure de Viking flamboyant.

Lucien se gratta la tête tandis que Cristalline se penchait vers Twix, tout ouïe.

— Oui ?

— J'aimerais qu'on me vole ma…

— Ta ?

— Ma…

— Ta… ? Carte bleue ? Ta basket ? Ta veste ? s'impatienta Cristalline.

Elle séchait, là.

— Ma virginité, voilà ! lâcha-t-il enfin avant de se renfoncer dans son fauteuil, tête baissée. C'est dit. Vous pouvez rire. Le whisky me fait vraiment trop causer.

Cristalline échangea un regard ébahi avec Lucien. Personne ne pipa mot pendant une bonne minute, jusqu'à ce que frère et sœur répondent en même temps :

— Ce n'est pas si grave !

— Tu sais, ma première fois était vachement tard ! avoua Lucien.

Twix leva vers lui une mine déconfite.

— Ouais, mais pas à vingt-cinq ans, si ?

— Heu…

— Je suis pathétique ! s'exclama Twix en se prenant la tête dans les mains.

Cristalline s'approcha, lui saisit les poignets et fit en sorte qu'il se redresse, avant de lui parler d'un ton doux mais ferme :

— Il n'y a aucune honte à avoir. Raconte-nous tout, OK ? Parce que, là, je ne vois pas le lien entre Londres et ta première fois.

— Le hic, c'est que les circonstances n'ont jamais été réunies pour que je fasse quoi que ce soit de si intime avec une fille. Quand j'étais ado, j'ai eu une tonne de copines, mais je voulais me réserver pour l'amour, le vrai. Celui avec un grand A. Je n'y crois pas d'être en train de vous raconter ça. Saleté de whisky.

— … qui te fait trop parler, compléta Cristalline en lançant un regard noir à son frère, qui pouffait, recrachant au passage sa gorgée sur ses genoux. Pourquoi tu ris ? Ce n'est pas parce que la majorité des hommes meurent d'envie de s'envoyer en l'air avec la première venue qu'il ne reste pas quelques spécimens rares et respectueux dans ce monde ! D'ailleurs, tu tiens vraiment à remettre sur le tapis ta première fois avec Anabella Petit ? Je ne te l'ai jamais dit, mais elle m'a tout raconté. Alors peut-être que tu as été plus précoce que Twix et que le romantisme te fait rire, mais, à ce qu'il paraît, tu n'étais pas franchement un as du préservatif. Tu l'as enfilé à l'envers, Lucien ! Quand même !

Son frère rougit et s'écrasa.

— Pardon, Twix, chuchota-t-il d'un ton contrit.

— Ce n'est rien, le rassura ce dernier en soupirant. Je comprends. Si je n'étais pas moi, je me moquerais aussi.

— Continue, je t'en prie, lui dit Cristalline. Et ne fais pas attention à mon dégénéré de frangin.

Twix prit une grande inspiration et s'exécuta :

— Je voulais attendre. Les filles se sont succédé. J'étais assez mignon à l'époque. Il y a bien eu une nana : Rose Fallin. Mais, une fois où j'avais été invité chez elle, j'ai piqué quatre couteaux suisses appartenant à la collection de son père. Mon sac s'est renversé au moment où elle me présentait ses parents. Grillé. Fin de l'histoire. Pourtant, avec elle, j'aurais pu… Enfin, bref. Les années ont passé. Plus je vieillissais, plus cette affaire de virginité me stressait. Ça m'angoisse toujours, d'ailleurs.

— Pardon de poser la question, mais tu n'as jamais songé aux… suggéra Lucien. Enfin, tu vois, quoi !

Cristalline hallucinait. Difficile de faire plus cliché, misogyne et rétrograde. Avec son frère, elle n'était jamais au bout de ses surprises.

— Les prostituées ? poursuivit Twix, ça ne me tente pas. Le fait qu'elles n'en aient pas envie pour de vrai… non. Surtout, je trouve cela dégradant pour les femmes. On n'est plus au XIXe siècle ! En taule, j'étais dans la chambre d'un type : Richmond. Un Anglais super-sympa enfermé parce qu'il avait agressé sa belle-mère avec un candélabre lors d'un repas de famille. Il avait ses raisons. De ce qu'il m'en a dit, elle était redoutable. Un soir, on a discuté de cette femme, de sa femme, des femmes. J'en suis venu à lui confier mon problème. On avait bu de la vodka de derrière les fagots qu'un Mexicain chauve troquait en échange de cigarettes. La vodka me fait parler, presque autant que le whisky. Je lui ai tout avoué. Et là, le gars, au lieu de se désoler pour moi, a frappé dans ses mains. Il avait la solution et elle se résumait à deux mots : *Pink Desire*.

— Une boîte de nuit ? tenta de deviner Lucien.

Twix hocha la tête.

— Mais il y en a des milliers en France ! s'étonna Cristalline. Pourquoi…

— J'y suis allé plusieurs fois, en France. Mais à chaque fois : même combat. Je ne sais comment me tenir, comment danser, comment me comporter – donc, je picole. Et fatalement, je cause trop… Vous avez pigé le problème. Alors là, si une fille vient me voir, je lui déballe ma petite histoire de cleptomanie, et hop, *finito*. Elle prend ses jambes à son cou.

Lucien fronça les sourcils. Quant à Cristalline, elle ne comprenait plus rien à cette affaire.

— Et du coup, ici, la différence sera que…

— Mon anglais est trop mauvais pour me permettre de dire quoi que ce soit d'embarrassant ! lança Twix d'un air satisfait. En plus, là-bas, elles se jetteront sur moi ! Richmond m'a assuré que c'était un repaire de femmes entreprenantes.

Un silence consterné accueillit cet aveu.

— Eh ben ! lâcha finalement Cristalline. Tu comptes y aller quand ?

— Demain. Si j'en ai le courage, annonça Twix d'un air lugubre.

— Tu veux que je t'accompagne ? proposa Lucien.

Twix se redressa, un sourire timide étirant ses lèvres.

— Tu ferais ça ?

— Mais oui. Avec plaisir !

— Je doute que Maguelone apprécie, pointa Cristalline avec malice.

— Maguelone ne saura rien si on ne lui dit rien ! rétorqua Lucien.

— J'aimerais autant, renchérit Twix.

— Tu ranges donc au placard tes velléités de romantisme ? demanda Cristalline. Je croyais que tu voulais attendre la Femme, la Vraie !

Twix haussa les épaules, un peu dépité.

— Ai-je le choix, à mon âge ?

— Non. Alors, affaire conclue ! brailla Lucien. Trinquons à la virginité de Twix bientôt emportée par une femme brûlante de désir !

— À la virginité envolée, répéta Cristalline, qui détestait ce projet.

— Merde ! lança Twix. Saleté de whisky.

Ils se regardèrent tous les trois et éclatèrent de rire.

Chapitre XVII

Lucien

Lucien se réveilla dans le brouillard, ignorant où il se trouvait. L'esprit aussi pâteux que la bouche, il se frotta les yeux, les entrouvrit (une de ses paupières collait légèrement) et observa les lieux : il était chez Maguelone, bien sûr ! Nom de Dieu, comment avait-il atterri dans la chambre à baldaquins ? Sa couverture était une débauche de frous-frous. Les murs étaient recouverts de pastels de forêts enchanteresses. Et partout ailleurs, des bougies, des bougies, et encore des bougies. Il s'était transformé en Cendrillon – celle du groupe Téléphone, option gueule de bois carabinée. Son crâne lui faisait affreusement mal. En se massant les tempes, Lucien tenta de se remémorer la soirée de la vieille.

Tout d'abord, la confidence de Twix. Il pouffa comme une jeune fille. Le géant, vierge ! Il ne s'en remettrait jamais, de celle-là. Mais son rire mourut quand il se souvint que, dans l'euphorie de l'ivresse, il lui avait proposé de lui filer un coup de main pour réaliser son projet délirant. La prochaine fois, il s'abstiendrait de jouer les bons samaritains. Il venait de troquer une sortie en boîte et une casquette de coach sexuel contre une soirée avec Maguelone, tu parles d'une affaire ! Enfin, dans l'hypothèse, bien sûr, qu'elle les invite à s'éterniser chez elle. Ou plutôt chez sa tante. Ah oui ! La tante !

La veille, Maguelone les avait finalement rejoints et leur avait expliqué en long, en large et en travers le fabuleux bobard de tata Victoria… et ses tristes perspectives d'avenir. Lucien eut un pincement au cœur en songeant à l'agonie de cette vieille dame au caractère bien trempé.

— Fait chier, la mort, murmura-t-il en se redressant. Et fait chier de devoir quitter Maguelone.

Il posa les pieds au sol, sur un tapis plus moelleux qu'un nuage. Aïe, sa tête le lançait atrocement. Il avait vraiment trop bu et se souvenait vaguement que c'était Cristalline qui l'avait soutenu jusqu'ici. Il avança de quelques pas et prit conscience qu'il voyait trouble. C'était catastrophique : la phase deux de l'opération Buck' devait démarrer aujourd'hui. Jamais il ne pourrait s'y atteler dans cet état. Mais Cristalline ne lui lâcherait pas la grappe. Il devait se secouer.

— On ne se laisse pas abattre, grogna-t-il.

Elle aurait certainement de l'aspirine dans l'infâme ramassis de trucs improbables qui s'entassait dans son sac.

Roulez jeunesse !

Lorsqu'il ouvrit la porte, il entendit des rires et le grésillement d'une préparation sur le feu. Un parfum de cannelle et de sucre se faufila jusqu'à ses narines et Lucien constata qu'il avait une faim de loup. Un bon petit déjeuner pour éponger tout cet alcool, un cachet et il serait comme neuf ! Se sentant tout de même faible, il s'appuya sur les murs pour avancer. Quand il pénétra dans la cuisine, personne ne le remarqua. Il demeura quelques minutes dans l'entrebâillement de la porte pour observer la scène et, accessoirement, retenir un haut-le-cœur. La pièce était vaste et lumineuse, toute carrelée de blanc et noir. Il n'y avait pas de table, seulement un large comptoir en bois contre lequel était appuyée sa sœur, qui avait dédaigné les hauts tabourets en ébène. Twix, de dos, s'activait devant un gigantesque plan de travail, un long torchon sur l'épaule. Roméo s'était placé juste à côté de lui et levait le nez en le regardant.

— Et voilà, jeune homme ! tonna Twix. Pain perdu à ma façon. Généreuse dose de sucre vanillé, soupçon de rhum, pincée de cannelle, beurre salé. Vous allez vous régaler.

— Et comment ! s'enthousiasma Cristalline.

Lucien observa son profil. Elle était légèrement voûtée, ainsi appuyée sur le comptoir, et contemplait Roméo avec tendresse. Tendresse saupoudrée d'espoir. Évidemment : Roméo souriait. Définitivement, Twix égayait ce môme. Sous sa carapace de brute, cet homme était une perle. Une montagne, sans aucun doute, mais de douceur seulement.

— Salut ! lança Lucien en s'avançant. Il y en a pour moi, Twix ?

— Pour un régiment, même, répondit celui-ci en riant.

— La princesse au petit pois a-t-elle bien dormi ? demanda Cristalline, un peu goguenarde, alors qu'il se hissait sur l'un des hauts tabourets, à côté d'elle. Tu étais comme un coq en pâte dans ton nid douillet, non ?

— Trop tôt pour les joutes verbales, rétorqua Lucien en se prenant la tête entre les mains. Tu as de l'aspirine ? Quelle heure est-il ? Où est Maguelone ?

— Trop tôt pour autant de questions ! répliqua Cristalline.

Lucien jura. Elle fouilla dans sa poche de jean, en extirpa une plaquette de cachetons et la lui tendit.

— Tiens, mon petit doigt m'avait soufflé que tu en aurais besoin.

— Tu es un miracle ambulant, je te bénis et te proclame ma soumission éternelle.

— Si tu le dis ! répondit-elle en souriant, repoussant vers lui la grande bouteille d'eau posée devant elle.

Lucien but goulûment, ne s'arrêtant qu'au moment où il eut la sensation que sa gorge se résumait à autre chose que du papier de verre. Quand il releva le nez, Twix et Roméo les avaient rejoints. Les tranches de pain perdu fumantes trônaient au centre du comptoir telle une offrande aux dieux de la gloutonnerie.

— On attaque ? proposa Twix en se servant.

Tout le monde l'imita et ce fut un concert de mastications, de gémissements extatiques et de compliments à l'adresse du cuisinier.

— C'est mon truc ! répondit-il, modeste, au moment où résonnait un chant mélodieux.

Maguelone se pointait. Le pouls de Lucien s'accéléra. Il s'assura de ne pas avoir de sucre plein les babines et se retourna. Quelle vision ! Elle portait une longue robe grenat, hippie chic. C'était comme ça que Lolitta qualifiait ce genre de tenues, avec une grimace désapprobatrice. Ses cheveux étaient relevés en un énorme chignon un peu lâche. Elle avait les joues très roses, la bouche écarlate. Vénus sortant des eaux. Lucien ne se sentit pas à la hauteur. Mais ce sentiment s'atténua quand il remarqua qu'il était le premier à qui elle souriait. Lolitta, elle, ne souriait jamais le matin. La naissance d'une nouvelle journée la rendait grincheuse.

Pourquoi est-ce qu'il les comparait ? Elles étaient incomparables. Pas que Lolitta ne soit jolie ni dépourvue de qualités (même si celles-ci s'étaient considérablement affadies, avec le temps), mais le sourire de Maguelone éclipsait tout.

— Bonjour, bonjour ! les salua-t-elle en s'approchant. Qu'est-ce que vous mangez de bon ? Oh ! Du pain perdu ! Qui l'a fait ?

Twix leva la main, la bouche pleine.

— Attrape une assiette !

— La vie est trop courte pour s'encombrer de détails matériels, my dear !

Elle s'empara d'une tranche et la croqua à pleines dents. Un plaisir intense éclaira ses traits. Lucien ne put retenir un soupir admirateur. Tout le monde se tourna vers lui. Il piqua un fard et se ressaisit, adoptant une expression nonchalante tout en évitant soigneusement de croiser le regard de Maguelone.

— Vous avez bien dormi, vous ?

— Bof, répliqua Maguelone. J'ai rêvé de morts-vivants en pyjama de soie.

— On parle de moi, je crois !

Ils sursautèrent. L'Apparition, acte II. Victoria avait fait irruption sans un bruit. Cette dame était redoutable. Elle aurait fait frémir Dracula en personne.

— Viens goûter aux délices de Twix, proposa Maguelone, nullement troublée par son arrivée. Puisque tu n'es pas une revenante, je suppose que tu manges !

— Merci, mais je n'ai pas faim le matin.

Victoria s'approcha de la table et jaugea un moment le pain perdu avant de rendre son verdict :

— Twix, c'est bien cela votre nom ? Ou votre surnom, c'est plus plausible – le même qu'une ridicule barre chocolatée ! « Deux doigts coupe-faim », disait la publicité à l'époque. Heureusement, vous en êtes loin ! Elles sont appétissantes, vos sucreries, même si je me demande comment vous vous débrouillez, avec trois doigts en moins.

Cristalline s'étouffa. Maguelone fronça les sourcils, l'air outré. Roméo devint écarlate. Quant à Twix, il éclata de rire.

— Bien envoyé ! rugit-il en se pliant en deux pour mimer l'impact.

Roméo ne semblait pas du même avis, puisqu'il glissa de son tabouret pour donner un coup de pied bien senti à Victoria avant de se mettre à hurler :

— T'es pas gentille, toi ! Twix, d'abord, il a des doigts en moins, mais il est gentil. Toi, t'es méchante ! Juste méchante.

À ces mots, il sortit de la pièce en trombe, sous les applaudissements de Victoria, qui grimaçait tout de même un peu en se frottant le tibia :

— Bien, mon garçon ! Tu prends de l'assurance. Tu mets en pratique mes conseils.

Elle n'en ratait pas une, la tante. Cristalline se leva pour rattraper son fils, mais Twix la retint.

— Je m'en occupe, tu veux bien ?

Cristalline hésita. Elle regarda Lucien. Ce n'était pas une mauvaise idée. Sa sœur était trop émotive quand il s'agissait de Roméo. Ce ne serait peut-être pas plus mal que le géant paisible gère la situation. Il hocha donc la tête et Cristalline se rassit à contrecœur.

— Tu n'aurais pas dû, lança Maguelone froidement. Jamais tu ne fais une pause ? Blesser les gens, c'est *vraiment* ton truc ?

Victoria haussa les sourcils et prit un air innocent.

— Je te le répète : je m'efforce de toujours dire la vérité.

Maguelone s'échauffa. Sa voix monta d'un ton.

— Oui, et spécialement pour dire des choses désagréables. Il y a tout de même des limites à ne pas franchir et…

— Je me fais du café, l'interrompit Victoria sans s'émouvoir. Quelqu'un en veut ?

Boudeuse, Maguelone croisa les bras sur sa poitrine. Cristalline refusa d'un signe de la tête, trop angoissée pour avaler quoi que ce soit. Lucien se tâta : il avait terriblement envie de caféine, mais ne souhaitait pas trahir la confiance de Maguelone. Après avoir pesé le pour et le contre, il leva finalement la main. C'était ainsi. Il n'avait jamais pu résister à un expresso. Victoria s'éloigna pour s'activer sur la cafetière.

— Court ou long ?

— Bien serré, dit Lucien.

— Et un petit noir pour le maigrelet ! Alors ? Que comptez-vous faire de beau, aujourd'hui ? demanda-t-elle d'un ton badin, comme si rien ne s'était passé.

Personne ne paraissait décidé à lui répondre et c'est donc Lucien qui s'y colla, même si le qualificatif qu'il s'était vu attribuer l'avait un peu vexé.

— Cristalline et moi allons tenter d'entrer en contact avec la reine.

Vlam ! Il avait craché le morceau et s'attendait au pire, vu la trempe de son interlocutrice. Mais Victoria ne dit rien. Ce qui se révéla en fait presque pire. Elle se contenta d'éclater de rire, renversant au passage la moitié du café qu'elle était en train de doser.

— Pardon ? Vous allez quoi ? parvint-elle à articuler.

— Essayer d'entrer en contact avec la reine, répéta bravement Lucien, tout en se maudissant de n'avoir pas su la fermer.

Victoria se calma et poursuivit sa préparation. Quand elle eut terminé, elle se retourna et s'adossa au plan de travail.

— Et pourquoi diable voudriez-vous faire cela ?

Lucien se lança dans les explications. À la fin de son récit, Victoria resta pensive.

— Ce n'est pas une si mauvaise idée, remarque, quoiqu'un peu… fantasque. Vous avez raison de commencer par le mail et le courrier, même si vous n'aviez pas besoin d'effectuer un si long trajet pour cela.

Lucien poussa un soupir de soulagement. Il avait frôlé l'humiliation, mais s'en tirait bien.

— Vous savez quoi lui écrire ? intervint Maguelone, qui avait laissé de côté son irritation.

— Pas vraiment. Mais je pense qu'il faut expliquer les choses simplement. Pas de chichis ! répondit Cristalline en brandissant le bloc-notes à côté d'elle. Plus tôt nous nous y attellerons, mieux ce sera. Mais, avant, je file vérifier si Roméo va mieux.

Quand elle se leva, Lucien posa la main sur son bras.

— Laisse-le un peu respirer. Tu vois bien que ça colle entre Twix et lui.

Cristalline rougit et, après quelques secondes d'hésitation, se rassit.

— Bon, soupira-t-elle. Allons-y. On écrit en anglais ou en français ?

— Écrivez en français, je traduirai, proposa Victoria qui s'était matérialisée à leurs côtés, deux tasses fumantes à la main.

Cristalline s'empara du bloc-notes, l'ouvrit, saisit un stylo et tira la langue en écrivant, comme elle l'avait toujours fait.

— *Chère Élisabeth*… murmura-t-elle.

— C'est bien trop familier, protesta Victoria. Autant la traiter de vieille bique, tant que vous y êtes : il y a un protocole !

— Protocole… On n'est pas au bloc opératoire ! la contredit Cristalline. Et j'ai lu que la reine n'était pas si coincée que ça ! Un jour, elle a…

Victoria posa les cafés sur la table et fixa son interlocutrice avec dédain.

— Occasionnellement, elle peut faire preuve d'un brin de folie, bien que *reine d'Angleterre* et *folie* me paraissent un peu oxymoriques. Toutefois je vous assure qu'il faut y mettre les formes, sinon vous échouerez lamentablement, insista-t-elle. Déjà que vos chances sont maigres.

— Mais laisse-les faire ! s'impatienta Maguelone.

— C'est-à-dire que, hésita Lucien, on aurait bien besoin d'aide. Je n'ai jamais été fortiche en rédaction. Et la connaissance de Cristalline en matière de protocole se résume au dernier article sur la reine paru dans *Gala*.

Maguelone secoua la tête et soupira :

— Je suis aussi nulle que vous !

— Eh bien ! Nous voilà dans de beaux draps, avec trois cancres. Félicitez-vous de m'avoir ! lança Victoria en s'asseyant à la place de Twix, s'appropriant au passage le bloc-notes. Parce que je suis un génie de l'écriture.

— Ben voyons, marmonna Maguelone.

Victoria darda sur elle un regard sévère.

— C'est exact. J'étais auteur, je te signale.

Maguelone ouvrit de grands yeux.

— Maman ne me l'a jamais dit…

— Tout ce que ta mère ne t'a pas raconté ! J'étais auteur-illustrateur pour la jeunesse. D'où croyez-vous que proviennent tous ces dessins sur les murs ? De ma propre plume ! Mais trêve de bavardages. Reprenons : *Votre Majesté, je sollicite de votre bienveillance un entretien avec vous. En effet…*

— Direct ? s'étonna Lucien. Sans préambule ?

— C'EST le préambule. Laissez-moi faire et vous commenterez ensuite. *Je sollicite de votre bienveillance un entretien avec Votre Grâce dans le but de converser de ma noble activité d'artiste févier et…*

— C'est d'un pompeux ! lâcha Maguelone.

— Nous n'allons tout de même pas écrire : *je suis un févier maigrelet au chômage et je veux causer avec vous !* la contra Victoria. Nous devons faire preuve d'élégance, de formalisme.

— Je rêve ou Cruella est en train de nous donner une leçon de politesse ? marmonna sa nièce à l'attention de Cristalline.

— En tout cas, c'est trop impersonnel. Ça ne sortira pas du lot, commenta-t-elle en tentant de récupérer le bloc-notes.

Maguelone approuva vigoureusement avant de se tourner vers Lucien :

— Qu'est-ce que tu en penses, toi ?

— Oh moi… Qu'il faut se situer entre la lettre officielle et le courrier intime. Jouer sur les deux tableaux, avança Lucien, qui ne voulait se mettre personne à dos.

Cristalline éclata de rire.

— Style : *Salut vieille branche, je sollicite de votre bienveillance un entretien !*

Victoria soupira, exaspérée, alors que Maguelone se dressait, comme en proie à une révélation soudaine.

— J'ai une idée ! s'exclama-t-elle. Chacun fait son brouillon. On compare et on vote ensuite pour le meilleur. Ça vous convient ?

L'assemblée acquiesça. Triomphante, Maguelone récupéra le bloc-notes et distribua les feuilles. Tout le monde se mit à l'œuvre – sauf Lucien, dont le crâne dégustait toujours et qui ignorait totalement comment s'y prendre. Il leva la tête : Victoria écrivait furieusement, son stylo trouait de temps à autre le papier. Maguelone jouait avec une mèche échappée de son chignon en réfléchissant, son Bic lui frôlant les lèvres. Cristalline, toute rouge, le front plissé, suait à la tâche comme sur un terrain de sport.

Vingt minutes plus tard, tous avaient fini. Sauf Lucien.

— Je n'ai rien, avoua-t-il, penaud. Zéro inspiration. Et vous ? On confronte ?

— Je propose qu'on ne lise que les accroches, lança Maguelone. Tout se joue sur le début.

Victoria se leva avec précipitation.

— Je commence ! dit-elle avant de se racler la gorge. *Votre Majesté, moi, seul et unique fabricant de fèves artistiques et artisanales de France, dernier héritier du savoir-faire ancestral du façonnage de miniatures, sollicite de votre bienveillance une entrevue…*

— OK ! l'interrompit Maguelone. C'est très élégant…

— … mais encore un peu ronflant, s'exclama Cristalline. On dirait la Khaleesi énumérant ses titres dans *Game of Thrones*.

— Pas faux, soupira Lucien, avant de se ressaisir sous le regard perçant de Victoria. Mais inventif. Vraiment ! Cristalline ? À ton tour.

Sa sœur se pencha sur sa feuille. Depuis le temps que Lucien lui répétait qu'elle avait besoin de binocles et qu'elle renâclait !

— *Chère Élisabeth, tu ignores qui je suis, mais moi, je te connais par le biais d'articles de presse. Je les collectionne tous dans mon garage. Voilà : j'ai un problème et j'espère que tu pourras le résoudre.*

Lucien éclata de rire.

— Quoi ? s'écria Cristalline en serrant les poings, ce qui froissa abominablement son brouillon.

— Rien... C'est juste que les articles de presse gardés dans le garage, ça fait fan psychotique, et la reine n'est pas une grande adepte des tabloïds.

Cristalline leva les yeux au ciel.

— Je voulais marquer ton admiration, pour elle.

— Mon admiration ou un trouble obsessionnel ?

Lucien pivota vers Maguelone, son cœur s'accélérant.

— C'est à toi de jouer !

Elle resta assise, rougit un peu et commença sa lecture sur un ton doux :

— *Votre Majesté, je suis l'amie du plus formidable des fabricants de fèves de France. Il s'appelle Lucien Bigorneau et vient de loin pour vous voir, mais, à l'idée de vous aborder, l'angoisse le tenaille et il perd son assurance. C'est donc moi qui vais prendre la parole pour vous exposer la situation...*

Personne ne pipa mot. Maguelone poursuivit.

— *À cause des velléités d'économie des boulangers-pâtissiers français, Lucien n'a plus de travail. Ses œuvres merveilleuses – Vénus minuscules, Jocondes miniatures, petits Cupidons – sont boudées au profit d'atroces figurines en plastique à l'effigie de héros de dessins animés. Lucien souffre de ne plus pouvoir vivre de sa passion. Il souffre, ma reine. Et j'aimerais le voir heureux. Je voudrais déceler une étincelle de joie dans ses yeux et savourer un vrai sourire sur son visage. Vous seule êtes capable de l'aider. Et cela ne se résume qu'à une chose : le rencontrer afin que vous fassiez connaissance avec son monde lilliputien. Peut-être qu'en tant qu'adepte des galettes à la frangipane vous accepterez de donner un nouveau souffle à la vie de Lucien… et de faire de lui votre Grand Févier royal, tout à votre disposition. Dans l'attente de votre réponse, je vous présente mes hommages. Maguelone Bastadène, fidèle admiratrice de Lucien Bigorneau.*

Silence. Maguelone les regarda nerveusement avant de poser sa feuille sur la table, comme si elle brûlait. Lucien avait viré cramoisi et son cœur faisait des bonds de joie. Cristalline avait la bouche grande ouverte et Victoria. *Oui !* Un sourire très doux étirait ses lèvres.

— Maguelone, ta lettre est parfaite ! Si, avec ça, l'opération Buckingham n'est pas couronnée de succès, je rends mon tablier !

Tous se retournèrent. Appuyé contre le montant de la porte, Twix s'était prononcé. Et tous ployèrent le genou devant une Maguelone rosissant de plaisir.

Chapitre XVIII

Roméo

Comme une flèche, Roméo avait filé de la cuisine. Il détestait cette vieille bique. Il n'avait même pas envie de la qualifier de « dame », parce qu'elle ressemblait à une sorcière, avec sa peau ridée et son rouge à lèvres dégoûtant sur sa bouche sèche. Elle avait aussi une drôle d'odeur sous son parfum. Un peu comme Ricardo, le lapin nain de Roméo, juste avant qu'il ne meure. Dès le début, elle avait été désagréable avec lui et, désormais, elle s'en prenait à Twix. Il détestait les gens comme ça. La respiration hachée, un gros sanglot secouant sa poitrine, le petit garçon fit un dérapage contrôlé devant la chambre qu'il occupait avec sa maman.

Quand il ouvrit la porte, puis la referma derrière lui, la colère et la tristesse s'atténuèrent. Il n'aimait pas la sorcière, mais sa maison était tout droit sortie d'un conte de fées. Il y avait une armure complète de chevalier dans un coin, tellement impressionnante qu'on aurait dit qu'elle avait le pouvoir de s'animer d'un moment à l'autre, un lit recouvert d'une couette avec un blason doré et rouge et des peintures du roi Arthur ou de ses compagnons. Quand Roméo avait réveillé sa maman, ils avaient observé ensemble les tableaux et elle avait avoué qu'elle n'y connaissait pas grand-chose, rayon légendes celtiques. Roméo lui avait tout expliqué, exactement comme sa maîtresse l'avait fait. Là, Arthur qui sort l'épée du rocher alors qu'il n'est pas fortiche (un peu comme tonton Lucien). Ici, la reine Guenièvre qui embrasse un autre type que son mari. Roméo la détestait : Guenièvre avait un gentil souverain à ses pieds et elle préférait Lancelot. Au-dessus du lit, plusieurs représentations de Merlin, de son enfance (il était tout poilu et tout tordu) à l'âge adulte (avec sa longue robe et son grand chapeau pointu). Sa maman avait semblé drôlement contente qu'il lui apprenne tout ça. Mais Roméo avait pensé à Louise en parlant de Guenièvre et il était parti prendre son petit déjeuner le cœur lourd. Heureusement que Twix était déjà levé, en train de leur cuisiner un truc. Roméo l'adorait. Il était rigolo et la vie avait l'air simple avec lui. Mais la sorcière avait tout gâché avec sa cruauté et il avait été un peu déçu que Twix ne l'assomme pas avec sa poêle ou ne l'étrangle de sa main gauche.

Roméo avança dans la chambre, attrapa son sac de petits soldats sur le lit et s'installa sur la peau de loup devant la cheminée. Est-ce que ce truc, c'était l'animal domestique de la sorcière avant qu'elle ne le zigouille pour en faire un tapis ? Il disposa en ligne ses figurines armées, s'empara de la trousse de toilette de sa maman, qui ferait une bonne Bastille (même si elle était couleur léopard et qu'il y avait écrit dessus « Graou power »), et batailla un instant pour la faire tenir à la verticale ; puis il positionna huit Playmobil à l'intérieur après l'avoir vidée de son contenu.

— C'est la Révolution, chuchota-t-il en déplaçant l'un de ses hommes, le commandant, vers la tour. À l'attaque ! Suivez-moi !

Un léger coup frappé à la porte interrompit l'assaut.

Roméo soupira. C'était sûrement sa maman. Il n'avait aucune envie qu'elle vienne lui jeter un regard inquiet et le serre dans ses bras... Mais, quand la porte s'entrebâilla, Roméo aperçut le visage de Twix.

— Je peux ? demanda ce dernier.

Roméo acquiesça, soulagé. Certain que Twix serait d'accord pour jouer avec lui.

— Tu veux être un homme du peuple, un prisonnier ou le général de la Bastille ?

Twix pénétra dans la pièce et se figea pour réfléchir avant d'imiter Roméo qui s'était accroupi.

— Homme du peuple, sans aucun doute.

Roméo lui sourit.

— Moi aussi, c'est mon côté préféré. Tiens, je te donne celui-là. Il est un peu usé, mais c'est le meilleur.

— Merci beaucoup, commandant ! dit Twix en plaçant sa figurine juste derrière le général. Faut-il entourer le périmètre ou attaquer frontalement, chef ?

— C'est plus malin d'y aller doucement, sinon, ils pourraient tirer de là-dedans et il y aurait trop de blessés.

Roméo jeta un œil aux doigts de Twix pendant que ce dernier positionnait son soldat, et la question qui l'obsédait depuis le début du voyage fleurit sur ses lèvres :

— Comment tu t'es abîmé la main ?

Twix resta concentré sur le jeu, faisant avancer une bonne moitié des combattants.

— Oh ! Il n'y a pas de grande histoire derrière tout ça. J'aurais aimé te dire que je luttais contre un boa géant, ou que j'ai sauvé une demoiselle en détresse des griffes d'une bande de pirates… mais c'était un accident bête. À l'époque, je travaillais dans un restaurant italien…

— Avec des pizzas et des pâtes bolognaises ?

— À peu près, même si nous étions plus risotto à la truffe et confit de gorgonzola aux cèpes.

Roméo se concentra. Il n'avait jamais rien mangé de tout ça, mais, à entendre les noms, ça avait l'air bon.

— Je venais de finir la préparation de nos fameuses *linguine* aux gambas. Je me suis lancé dans le nettoyage de la machine à pâtes. Je n'ai pas été prudent, je ne l'ai pas débranchée et elle s'est mise en route. Et voilà ! Trois doigts en moins, c'est cher payé pour une simple étourderie.

Roméo tenta d'imaginer la scène, mais c'était trop dégoûtant. Il arrêta parce qu'il ne voulait pas montrer à Twix que ça lui faisait autant d'effet.

— Les docteurs sont arrivés vite ?

— Pas assez à mon goût, mais ils ont fait ce qu'ils ont pu et regarde, ça fonctionne bien, même avec plus de la moitié en moins !

Twix agita ses doigts avant de reporter son attention sur les petits soldats.

— Je crois voir un canon, juste là, à la fenêtre de la tour. Que fait-on, chef ?

— On riposte, car nous sommes face à la terrible armée du caporal Victoria.

— Tu n'apprécies guère la tante de Maguelone, non ? interrogea Twix. Tu sais, ça ne m'a pas fait de peine, sa remarque au sujet de mes doigts. Elle semble être le genre de personne qui dit ce qu'il ne faut pas… Mais, quelque part, c'est la vérité. On *a le droit* de se demander comment je me débrouille avec si peu de doigts !

— Elle est méchante, et je n'aime pas les personnes méchantes. Comme Louise.

C'était sorti tout seul. Roméo se mordit les lèvres.

— Personne n'aime les personnes méchantes, Roméo ! approuva Twix en dégainant une pièce de sa poche pour la lancer sur la Bastille. Tir effectué, commandant ! Et c'est qui, cette Louise ?

— Celle qui m'a fait de la peine, murmura Roméo en ouvrant la trousse pour mimer la destruction de la tour.

— Elle est la raison pour laquelle tu es triste ? insista Twix d'une voix ferme, sans une tracc d'inquiétude ni de pitié.

Rien à voir avec le ton angoissé de sa mère. Twix semblait le comprendre. Surtout, il était tellement fort et beau qu'il devait s'y connaître en filles et pourrait sûrement le conseiller. Roméo prit donc une grande inspiration et se lança :

— Louise, dès que je l'ai rencontrée, à la rentrée, je suis tombé amoureux d'elle. Elle était nouvelle. Elle a les cheveux orange et les yeux bleus. Et elle se fait toujours de grandes tresses. Personne ne voulait lui parler au départ, alors, moi, à la récré, je suis allé la voir et je lui ai dit : « Salut ! Tu veux jouer avec moi ? » Elle était d'accord et c'était super. Elle faisait la princesse et j'étais son servant avec des poux ou son chien pourri. Elle jouait à me punir. C'était un peu embêtant, mais j'étais content d'être avec elle, alors j'ai supporté les coups de corde à sauter et le coin.

— Attends. Affecte un homme de plus à l'assaut de la Bastille parce qu'on va être accueillis, crois-moi, conseilla Twix. Et continue à me raconter.

— Le jour suivant, les autres sont venus lui parler alors qu'ils ne la regardaient même pas avant. Gaétan, l'un des garçons de la classe, m'a avoué qu'il était amoureux d'elle. J'ai eu envie de lui donner des coups de pied, mais je n'ai rien fait. Marie et Hasnae sont devenues ses meilleures copines et Louise s'occupait moins de moi, sauf quand elle voulait que je fasse jury pour leur concours de « Star Academy » : il fallait que je triche en disant qu'elle était la plus forte, alors qu'elle chante très mal. Mais je la trouvais si jolie…

— L'amour, c'est comme un sablier : on a le cerveau qui se vide alors que le palpitant se gonfle, lança Twix d'un air super-inspiré. On accepte le pire pour des beaux yeux et une chevelure rousse !

Roméo acquiesça.

— Un jour, à la récré, je me suis décidé. J'ai cru que j'allais mourir tellement mon cœur battait vite. Je lui ai dit que je l'aimais. Après tout ce que j'avais fait pour elle, j'ai pensé que ça marcherait. Et tu sais ce qu'elle m'a répondu ?

— Non.

— Que j'étais ridicule.

— La garce ! s'exclama Twix avant de rougir. Pardon. On ne doit pas insulter les femmes, c'est mal. Ni dire de gros mots. Comment as-tu réagi ?

— Je lui ai dit que c'était elle qui était ridicule si elle ne se rendait pas compte que j'étais le garçon le plus gentil du monde.

— Bien envoyé ! approuva Twix en levant le pouce.

— Elle n'a pas eu l'air de penser la même chose. Tu sais ce qu'elle m'a répondu ?

Roméo baissa les yeux sur les soldats.

— Je pense qu'on peut les faire pénétrer dans la tour. À l'intérieur, ils se soumettront.

— Elle t'a répondu ça ? s'exclama Twix d'une voix étonnée. Elle est bizarre, cette fille.

— Mais non !

Roméo pointa du doigt les soldats et renversa d'un revers de la main les Playmobil ennemis qui s'échappaient de la Bastille.

— Oh !

Twix se pencha pour positionner ses hommes.

— En classe, elle m'a fait passer un mot. Elle m'a écrit qu'elle pouvait être mon amoureuse si je lui prouvais que je l'aimais.

— Comment ? demanda Twix en fronçant les sourcils.

— En faisant une tonne de trucs. Pour elle, j'ai léché le bord des toilettes, j'ai dit à Martha que ses lunettes lui donnaient l'air débile, j'ai piqué le goûter de Maxime, j'ai traité ma maîtresse d'imbécile. Heureusement qu'elle est un peu sourde et qu'elle a compris *indécise*. Et j'ai fini par gober quatre vers de terre vivants.

Roméo fit une grimace. Il les sentait encore s'agiter sur sa langue.

— Et ce jour-là…

Sa voix se brisa.

— Alors que je commençais à manger le cinquième, Gaétan est arrivé. Il a pris la main de Louise et lui a dit : « J'ai envie de te faire un bisou et que tu deviennes mon amoureuse. » Il l'a embrassée. Sur la bouche ! Elle l'a suivi en m'oubliant complètement.

— Tu as recraché le cinquième ver de terre au moins ?

— Bien sûr.

— Bon. Je comprends que tu sois déprimé.

— Merci.

— Pourquoi tu n'en as pas parlé à ta mère ? Elle s'inquiète, tu sais !

— Ne lui raconte pas, s'il te plaît ! Promets-moi. Je ne lui ai pas dit parce qu'elle serait capable d'aller tuer Louise pour me venger. Ou pire ! Elle irait parler à la directrice. Les parents de mon copain Ilyan sont un jour allés se plaindre parce que des garçons de CE1 l'embêtaient. Après ça, plus personne ne voulait jouer avec lui parce qu'il avait rapporté.

— Tu aimes toujours cette Louise ? lança Twix en se grattant la tête.

— Oui. Qu'est-ce que je dois faire ?

Twix soupira :

— Ça prendra du temps, mais tu rencontreras une gentille fille. Une qui ne te forcera pas à faire des trucs affreux. Une qui te trouvera le plus beau du monde, le plus gentil. Cette Louise… elle n'en vaut pas la peine. Tu sais, au resto, j'étais fou d'une serveuse. Elle s'appelait Magalie. Elle était jolie. Imagine : brune, avec des yeux très verts, et un petit tablier bleu moulant ses…

Twix s'interrompit et rougit avant de poursuivre :

— Eh bien, moi, je l'aimais beaucoup et elle ne m'a jamais offert un regard.

— Ça t'a rendu triste ?

— Pas vraiment : quand j'ai compris qu'elle ne partagerait jamais mes sentiments, j'ai mis en place des trucs pour l'oublier.

— Comme quoi ?

— Je l'ai imaginée dévorée par un animal. Ça m'a beaucoup aidé.

— Quel animal ?

— Un requin. Ça déchiquette bien.

Roméo esquissa une moue pensive. Twix ne lui avait pas assuré que ce n'était qu'une histoire de gamin, que ce n'était pas important. Il l'avait compris. Il le prenait au sérieux. C'était tellement réconfortant.

— Tu devrais en parler à ta mère, ajouta Twix en renversant la tour. Si tu crains qu'elle se venge, omets quelques détails, les plus dégoûtants. Elle sera soulagée de savoir. Elle a peur pour toi.

— Elle a toujours peur pour moi. Et je ne veux pas en rajouter.

— Les mères ont des épaules immenses quand il s'agit de leurs enfants. Crois-moi, celles de ta maman sont solides, et pas seulement parce que c'est une athlète. Ne t'inquiète pas… et élimine-moi ce rebelle qui pointe son arme sur ton soldat.

Roméo s'exécuta, le cœur léger. Bien plus léger.

Chapitre XVIII

Maguelone

Maguelone tourna deux fois autour du comptoir, balaya une ultime miette de pain et se laissa tomber sur l'un des tabourets, désœuvrée. Elle contempla Micheline Ostermeyer, qui avait protesté quand sa maîtresse l'avait abandonnée quelques heures plus tôt – phase 2 de l'opération Buckingham oblige –, mais ne semblait désormais plus lui en tenir rigueur : sereine, elle roupillait les quatre fers en l'air.

— Tu es bien, ici, non ?

La chienne ronfla plus fort, comme pour approuver. D'ailleurs, ils avaient tous approuvé quand Maguelone avait annoncé à ses compagnons qu'ils resteraient autant qu'ils le voudraient : Lucien et Cristalline avaient même poussé un soupir de soulagement. Et Roméo avait brandi un poing victorieux tandis que Twix sifflotait un air joyeux. Miraculeusement, Victoria ne leur avait pas balancé l'une de ses remarques acerbes et ils avaient donc pu la remercier sans encombre. Twix avait décrété qu'il leur concocterait un dîner d'enfer le soir même pour fêter cette bonne nouvelle. Ses mots exacts furent : « Si vous pensez connaître ce qu'est le plaisir, je vous promets que vous changerez d'avis quand vous aurez goûté mon plat. » Vu le haut niveau des pains perdus du matin, Maguelone le croyait sur parole. Le colosse aux doigts de fée avait alors demandé à Victoria où trouver un marché avec de bons produits. Elle s'était lancée dans une explication compliquée qui avait perdu le pauvre Twix en chemin. Prévisible : Victoria s'était agacée et lui était rentrée dans le lard. Prévisible : Maguelone était intervenue pour essayer d'inculquer à sa tante la notion de considération pour son prochain. On avait un peu mariné, repris les choses plus calmement et, finalement, Twix avait compris. Ce qui n'était pas clair, en revanche, c'était ce que Cristalline avait chuchoté à ce dernier. Enfin, chuchoter… Elle n'était pas la reine de la discrétion. « Tu es certain que ça ira, pour toi, ce marché, avec toutes ces tentations ? » Twix avait répondu : « Un an net, il faut bien que je fasse le grand saut. » *Tentations. Grand saut…* Mystère complet que Maguelone ne chercherait pas à résoudre. Chacun avait ses secrets et ses confidents désignés.

Elle soupira. À quoi allait-elle occuper la fin de cette matinée ? Elle aurait aimé accompagner Roméo, Lucien et sa sœur, mais s'était abstenue par timidité. Le coup de la lettre l'avait mise mal à l'aise. Elle avait été trop éloquente. C'était toujours ainsi : les émotions prenaient le dessus, elle s'emballait et se dévoilait trop, trop vite. Est-ce que Lucien avait compris qu'il lui plaisait, comme elle lui plaisait ?

Maguelone sentait bien les regards qu'il lui lançait. Elle l'avait vu rougir quand elle les avait rejoints dans la cuisine. Ces attentions lui faisaient oublier Jean-Pierre. Elles faisaient souffler un vent nouveau, léger, sur sa vie. Elle se sentait belle et désirable. Juste avant de partir, Lucien s'était penché, concentré, écarlate, et avait déposé un petit baiser sur sa joue. Maguelone sentait encore le contact rugueux de sa barbe. Il effaçait celui de Jean-Pierre, parfumé et redoutablement doux. Et puis, elle avait ressenti d'authentiques frissons, quand il l'avait effleurée. De ceux qui électrisent la peau, enivrent le cerveau et donnent le sentiment qu'une armée de Bisounours flanqués de Barbapapa colonise votre corps tout entier.

Maguelone caressa ce souvenir grisant quelques instants, avant de se ressaisir et de quitter la cuisine. Tiens, où était donc passée Victoria ? Elle s'était éclipsée au moment où Maguelone accompagnait Cristalline, Lucien et Roméo à la porte.

Sa tante l'irritait terriblement : son manque de tact, cette franchise blessante, cette tendance à la manigance… Tout cela, ajouté au sentiment de s'être laissé prendre en otage avec cette histoire de maison qui l'envahissait depuis la veille, c'en était trop. *Fucking too much*, pour parler local. Malgré tout, Maguelone avait de la peine pour elle. Se sentir diminuée, voir venir sa propre mort. Et cette solitude… Visiblement tellement immense qu'elle en était arrivée à mentir comme un arracheur de dents pour ne pas s'éteindre sans le contact d'une main dans la sienne.

Peut-être qu'elle se reposait ?

Y avait-il des infirmières qui lui rendaient visite ? Pourquoi n'était-elle pas à l'hôpital, à ce stade ? Une pensée plus dérangeante encore s'insinua dans son esprit : était-elle vraiment malade, ou était-ce encore un jeu ?

Il fallait qu'elle la voie, qu'elles parlent de tout ça.

— Victoria ? appela-t-elle du couloir. Où es-tu ?

Elle ouvrit la porte de la pièce Austen, qui était vide, puis passa au salon Sherlock et poussa un hurlement de terreur. Affaissée sur l'un des fauteuils, sa tante était blême, le visage renversé, les yeux clos. Morte ! L'affreuse bête noire de la famille n'avait même pas laissé le temps à Maguelone de gratter le vernis d'insolence pour traquer la gentillesse et l'humanité en elle. Elle voulait en savoir tellement plus. Non ! C'était impossible ! Elle lui interdirait de disparaître. Une formidable poussée d'adrénaline la propulsa auprès d'elle.

— Hors de question !

Elle toucha sa joue, tâta son pouls, s'apprêta à la secouer avant de prendre conscience qu'elle se trompait sur toute la ligne. Elle posa à nouveau son doigt à l'intérieur du poignet frêle de la vieille dame. Des pulsations intenses se succédaient à un rythme régulier.

— Victoria ? lança-t-elle d'une voix où perçait encore l'urgence.

Sa tante souleva une paupière, puis l'autre, et lui adressa un clin d'œil doublé d'un grand sourire avant de se redresser et de se recoiffer le plus naturellement du monde.

— J'ai ainsi la certitude que tu ne tiens pas tant que cela à me voir mourir ! lâcha-t-elle d'un ton goguenard.

Maguelone ouvrit la bouche, la referma, s'éloigna de deux pas comme si Victoria était en feu. Une colère bouillonnante chassa toute trace d'inquiétude ou de tristesse.

— Tu ne veux pas dire que, que, balbutia-t-elle, la rage l'étouffant comme de la bile.

— Que je l'ai fait exprès ? compléta Victoria, qui ressemblait de plus en plus à Dracula.

Maguelone hocha la tête si brusquement que sa nuque craqua.

— Ne m'en tiens pas rigueur : tu avoueras que j'ai été conciliante. J'ai simulé un petit décès sympathique dans mon fauteuil. Rien de violent !

— Et JE DOIS TE REMERCIER ? TU ES FOLLE À LIER ! hurla Maguelone. Deux fois que tu me fais le coup de mourir !

Si elle avait eu un pieu sous la main, la jeune femme le lui aurait enfoncé dans le cœur sans hésiter, histoire de s'assurer de la destruction totale et absolue d'un tel monstre.

— Je voulais seulement être certaine de tes bonnes intentions, se justifia Victoria. Tu es celle qui sera là jusqu'à la fin et je souhaitais vérifier que… savoir si…

Sa voix se brisa. Maguelone le perçut à peine. D'autant plus que Victoria se ressaisit aussitôt et prit un air dégagé totalement inapproprié.

— Tu es manipulatrice, méchante, et…

— J'en déduis que tu n'es pas d'humeur à me raconter ton histoire de canard boiteux ! rétorqua sa tante, croisant les jambes tout en lissant les plis de sa robe de chambre.

— PAS DU TOUT !

— Le cancer en phase terminale exacerbe les sens. Ne crie pas, s'il te plaît.

Maguelone fonça vers elle et s'accroupit pour planter son regard dans le sien. Elle agrippa les accoudoirs du fauteuil si fort que ses articulations blanchirent.

— Est-ce qu'au moins c'est vrai ? Est-ce que tu mens encore ? Quel truc tordu te rend si détestable ? Je ne…

Victoria la fixait. Elle ne cherchait pas à se dérober et elle lui répondit d'une voix claire et posée :

— Va à l'étage. Première à droite. Dans mon bureau, tu verras un secrétaire (datant du XVIIe, si je puis me permettre, j'espère que tu as les mains propres). Tiroir du haut : sors le dossier orange, et descends-le.

Maguelone obtempéra et fonça au bout du couloir, monta l'escalier quatre à quatre, repéra la chambre, le secrétaire, se jeta dessus et l'ouvrit. Aussitôt elle se figea. *Net.* Une photo de sa mère et de Victoria trônait sur le bureau, dans un joli cadre argenté. Elles étaient toutes les deux très jeunes. Âgée d'environ trois ans, Claire contemplait sa sœur avec une adoration perceptible. Victoria ne lui accordait aucune attention. Non, en fait, elle ne regardait rien. Ni l'objectif, ni quoi que ce soit d'autre. Elle semblait ailleurs, perdue, nostalgique, horriblement triste.

Mais terriblement belle. Maguelone eut du mal à se détacher du cliché et dut se faire violence pour se concentrer sur le tiroir et son contenu. La pochette orange était visible sous un tas d'enveloppes, de stylos et de mouchoirs en soie. Elle l'extirpa et rejoignit sa tante en vitesse. Maguelone lui tendit sa trouvaille, puis s'assit en face d'elle.

— J'ai vu la photo.

— Oh. Moi aussi. Tous les jours. J'aime qu'elle soit avec moi, malgré tout.

Victoria se mit à fouiller dans son dossier et posa trois feuillets sur les genoux de Maguelone. Les documents étaient récents et c'était là, noir sur blanc. Agressifs, les mots sautaient aux yeux. Il était question de ganglions, de tumeurs, de métastases et d'arrêt de traitement. Victoria ne lui avait pas menti. Maguelone s'en voulut de l'avoir accusée. Elle se mordit les lèvres.

— Ne te blâme pas ! lança Victoria d'un ton léger. Tu devais en avoir la preuve. Je comprends ta réaction. D'ailleurs, je pense que cette propension à l'emballement et à la colère, tu la tiens de moi.

— J'ai pris le meilleur, n'est-ce pas ? osa Maguelone avec un rire mesuré.

Victoria haussa les sourcils et sourit.

— Ne dit-on pas de nos jours qu'il est dangereux pour la santé d'intérioriser ses émotions ?

Maguelone ne rebondit pas. Elle resta un moment silencieuse, jusqu'à avoir le courage de poser la question qui vagabondait dans son esprit depuis la veille :

— Comment fais-tu pour le prendre aussi bien ?

Victoria agita un bras dolent.

— Oh ! Ce n'était pas le cas au départ. J'ai hurlé, j'ai pleuré, j'ai même cassé mon plus beau nain de jardin, celui avec un gros nez rouge. J'ai essayé de le recoller, sans succès. Il est trop lourd. Et puis, j'ai eu le temps de m'y faire et de décider du meilleur pour moi. Il est hors de question que j'attende la mort dans un hôpital qui sent l'urine et la terreur. Bien sûr, si c'est trop pénible, à la fin, tu m'y enverras. Tu devras le faire. Mais j'ai encore quelques mois, un an peut-être. Les médecins sont d'ailleurs surpris que je sois si énergique. Enfin, moi, j'ai lu des choses sur Internet. On appelle cela le grand sursaut avant le plongeon. On est en pleine forme, on pense que tout va pour le mieux, et hop, on tombe.

Maguelone sentit la peur s'insinuer en elle. Un sanglot la secoua. Victoria la considéra d'un air sévère.

— Pas de pleurnicheries. Si tu veux m'aider, raconte-moi. Raconte-toi. La vie des autres est toujours si fascinante. Et tu comprendras aisément que j'aie besoin de distraction !

La fin si proche, la photo sur le bureau, les aveux sincères, cette fois – cela fit flancher le cœur de Maguelone et elle lui expliqua tout dans les moindres détails. La danse, le bonheur, la chute, le vide. Jean-Pierre, l'amour fou, les disputes, la haine. C'est en soupirant qu'elle conclut son récit :

— Et me voilà : boiteuse et célibataire…

— Et même pas encore riche héritière ! compléta sa tante. Décidément, rien ne te sera épargné.

Maguelone soutint son regard un instant et elles éclatèrent de rire.

— Je ne sais pas pourquoi je trouve ça drôle ! dit-elle entre deux hoquets. C'est affreusement triste !

— La perte, c'est toujours terrible, murmura Victoria.

— Ça t'est arrivé ? De perdre des choses auxquelles tu tenais ?

— Un million de fois !

— Un exemple ?

— Cela !

Victoria balaya la pièce des yeux.

— Il y a quelques années, j'ai entièrement redécoré cette maison. J'étais décidé à en faire un *bed and breakfast*. Je voulais voir du monde, cesser de vivre en vase clos. Avec un enthousiasme délirant, j'ai tout refait. Et puis, je suis tombée malade. J'ai arrêté d'écrire, de peindre, de m'occuper de cet endroit. J'ai perdu cette énergie que je trouvais extraordinaire. J'ai baissé les bras.

Victoria se tut. Une lueur se faufila sur son visage. Le regret. L'aveu de la défaite, de la fragilité. Naturellement, Maguelone posa la main sur celle, fripée, de sa tante. Et, naturellement, son cœur s'ouvrit à cette vieille peau insupportable à qui elle chuchota :

— J'ai une idée.

Chapitre XIX

Cristalline

— Tu savais que la reine d'Angleterre a été l'un des premiers chefs d'État à envoyer un mail ? En 1976 ! Internet ne s'appelait même pas encore comme ça. Un truc comme Atranet ! Dingue, non ? Quand on la voit, avec ses tenues de rombière et ses chapeaux kitsch, on ne dirait pas qu'elle est si moderne ! Mais notre Élisabeth, elle est comme un petit vin de table : derrière une apparence austère se cachent des saveurs insoupçonnées.

Cristalline fut interrompue dans sa tirade par un coup de frein violent. Le corps de Lucien fut projeté en avant. Il se cogna le nez contre le siège de devant, lâcha un juron tonitruant, ramassa son *Guide du routard* qui s'était fait la malle et se redressa.

— Le *Big Bus Tour,* ce n'est pas censé être un truc pour touristes ? s'indigna-t-il. Paisible ? Calme ? Qu'est-ce qui lui arrive, à ce con de chauffeur ?

À peine avait-il prononcé ces mots que Lucien se mordit les lèvres et jeta un regard contrit à Roméo. Mais ce dernier n'avait pas noté la grossièreté de son oncle. Non, il n'y prêtait aucune attention : bien installé sur les genoux de Cristalline, qui savourait la tiédeur de son petit corps, le front collé à la vitre du bus, il observait avec avidité la ville, magnifique par cette douce journée printanière, qui défilait sous ses yeux. Oui, avidité ! Roméo faisait clairement preuve d'intérêt, voire d'entrain. Depuis qu'ils avaient quitté la maison de Maguelone, il avait souri, pointé le doigt trois fois pour commenter ce qu'il voyait. (Au London Eye : « Waouh, la grande roue ! Celle du Pirat Park est trop nulle par rapport à celle-là, maman ! » Devant Big Ben : « Ding, dong ! Ding, dong ! J'en voudrais une comme ça dans notre maison, mais il faudrait trouer le plafond ! » À Buckingham : « Regarde les gardes avec leur chapeau ! On dirait qu'ils ont un gros hamster sur la tête ! ») Le London Bridge l'avait sacrément impressionné et il avait tenu une conversation d'environ trois minutes avec Lucien. C'était *incroyable*. Cristalline sentait l'enthousiasme l'envahir, aussi réconfortant qu'une bonne fondue au coin du feu. Elle retenait son souffle, mais si peu ! Elle avait confiance en Twix. Il était un porte-bonheur pour son fils. Elle était à deux doigts (sans mauvais jeu de mots) de le proclamer demi-dieu.

— Je saigne du nez, geignit Lucien.

Cristalline se tourna vers lui : en effet, il pissait le sang et son doigt soigneusement enfoncé dans sa narine gauche n'était d'aucune utilité. Il semblait tout droit sorti d'un épisode de *The Walking Dead*. Ce n'était pas joli-joli, mais vraiment comique. Elle étouffa un rire, fouillant dans son sac pour y dégoter un paquet de mouchoirs, qu'elle lui tendit. Alors qu'il s'essuyait en grommelant, Cristalline se concentra. Où en était-elle ? Ah oui !

— Donc, je te disais : la reine maîtrise très bien Internet. Peut-être qu'elle lira elle-même notre mail de ce matin ! À ce propos, heureusement que Victoria était là pour traduire, et Maguelone pour le taper. Qu'est-ce qu'elle est rapide, en traitement de texte !

Soudain rêveur, Lucien ne réagit pas. Avec ses bouts de mouchoir enfoncés dans les narines, il avait carrément l'air benêt et Cristalline rit de bon cœur en lui administrant une claque sur le crâne, avant de grimacer.

— Beurk. Tu as confondu ton shampoing avec du beurre ? commenta-t-elle en s'essuyant les doigts.

— C'est du Pento ! protesta Lucien, yeux au ciel, insinuant qu'elle n'y comprenait rien à rien.

— Il n'y a qu'Al Capone pour porter le cheveu gominé avec style ! se moqua-t-elle. File chez le coiffeur. Tu seras beau comme un soleil et Blablacarette fondra comme neige ! Tiens, on ira cet après-midi : je t'y traînerai de force s'il le faut. Mais ce n'est pas le sujet pour le moment. Concentrons-nous : si Élisabeth lit notre mail…

À ces mots, Lucien sembla se décourager.

— Tu nages en plein délire. Elle ne le fera jamais ! répondit-il. Je te le répète : des conseillers ont cette charge. D'ailleurs, tu as bien pris la version papier, qu'on la poste tout à l'heure ?

Cristalline tapota sa poche.

— Je m'en occupe, dit-elle d'un ton décidé.

— OK. Et je n'ai *PAS* les cheveux gras.

— Si, si, si ! chantonna Cristalline, rien que pour énerver son frère.

Il n'eut pas le temps de réagir : une fois encore, il fut projeté vers l'avant quand le chauffeur du bus freina avant d'annoncer au micro en anglais, puis en allemand, en espagnol et en français : « Relève de la garde royale ! Amusez-vous bien et soyez de retour dans une heure pour la suite de notre tour, s'il vous plaît. »

Tout le monde se leva.

— C'est là, maman ! hurla Roméo en trépignant. Regarde le garde à cheval, devant l'entrée !

— Oui, mon Roméo ! répondit Cristalline, ravie. Tu verras, on pourra l'approcher de très près.

Pressé, il tira sur sa main, mais ils s'étaient installés au premier étage du grand bus rouge et devaient attendre que tout le monde descende. Pour le faire patienter, elle lui décrivit le planning de la journée : le musée Tussaud, Hyde Park et, entre les deux, une pause *fish and chips* histoire de se requinquer.

Enfin, ils émergèrent du véhicule et contemplèrent la grande place, juste devant eux. Lucien ouvrit son *Guide du routard* et leur donna des explications au sujet des imposants bâtiments en briques claires qui l'entouraient : the Old Admiralty, édifice en forme de U qui abritait auparavant l'amirauté, Dover House, quartier général du Scotland Office, et le fameux Horse Guards… Cristalline n'écoutait que d'une oreille, trop occupée à examiner le soldat le plus proche, tout de rouge vêtu, casque étincelant, visage fermé, bottes cirées, qui se tenait bien droit sur son destrier noir, sous une guérite. Pourquoi avait-il fallu qu'ils assistent à la relève de la garde à cheval ? Elle avait toujours craint ces bêtes-là, avec leurs naseaux fumants et leurs grandes dents jaunes, prêtes à boulotter une main ou un doigt. C'était un point commun qu'elle avait avec Lucien. Leur père avait bien tenté de les inscrire à un cours d'équitation, mais ils avaient fait front contre lui ; Cristalline et Lucien s'étaient enchaînés à leur lit avec quatre paires de collants. Papou les avait trouvés là, avait salué leur détermination et, pour une fois, avait flanché. Il n'avait plus été question de canasson.

— Tu savais que le Horse Guards avait accueilli l'équipe de beach-volley aux J.O. de 2012 ?

Cristalline oublia leur père et se concentra sur ce que disait son frère. Elle contempla le bâtiment aux lignes élégantes et imagina les joueuses piailler à chaque assaut. L'image la fit sourire.

— On peut s'approcher du cheval, maman ! s'enthousiasma Roméo en la tirant par la main.

Cristalline observa Lucien, dont la bouche fut agitée d'un tic nerveux.

— Tu as peur ? lui demanda-t-elle en fanfaronnant, alors qu'elle-même n'en menait pas large.

— Complètement. Ces bêtes-là me filent toujours des frissons. Pas toi ?

— Moi ? Je me…

— … ris du danger ! compléta Lucien en levant les yeux au ciel. Je vais voir l'Admiralty de plus près en attendant la relève, d'accord ? Vous me rejoignez ?

Cristalline n'eut pas le temps de répondre, Roméo la tractait littéralement vers le garde. Ils se plantèrent devant lui, à distance raisonnable. Les pires craintes de Cristalline étaient fondées.

– *Beware ! Horses may kick or bite. Thank you !* les prévint le garde, raide et droit comme une figurine de bois.

— Qu'est-ce qu'il dit, maman ?

— Que ces sales bêtes sont très dangereuses, traduisit-elle hâtivement.

Agité, l'animal crachait et soufflait en grattant le sol. Cristalline avait même l'impression qu'il lui lançait un drôle de regard.

— Maman, pourquoi le garde n'a pas un casque à sa taille ? Le pauvre, il mange la bride. Elle devrait être sous son menton !

— C'est comme ça. Ça fait partie de la tenue.

— Tu es certaine que c'est un vrai monsieur ? Il bouge pas…

— C'est la consigne ! Mais il est bien réel, même s'il cligne à peine des yeux.

Un filet de sueur perla sur la nuque de Cristalline quand elle tenta de s'imaginer à sa place. Ne pas pouvoir remuer d'un centimètre, perchée sur ce cheval de malheur. Le cauchemar !

— Comment il fait pour y voir, avec son casque jusqu'au nez ?

— Aucune idée mon grand. J'imagine qu'il doit se débrouiller. Tu veux que je te prenne en photo ?

Roméo fit la moue. Son regard se porta au loin, puis s'éclaira :

— Non ! Je préfère rejoindre tonton Lucien : il touche un canon !

— OK. Fonce. Je te surveille.

Malgré son appréhension, Cristalline le suivit du regard sans bouger d'un pouce. Quand elle fut certaine que son fils tenait la main de Lucien, elle s'approcha du garde. Oui, elle s'apprêtait à risquer le coup de sabot. Ou pire. Mais elle ne faillirait pas à sa mission !

— *Hello dear*, murmura-t-elle de la voix la plus sensuelle qu'elle put, à l'adresse du garde.

L'homme ne moufta pas. D'habitude, ce ton faisait son petit effet ! Ce gars-là ne rigolait définitivement pas. Elle décida donc de tenter la franchise et de lui expliquer les choses dans un anglais tout à fait convenable.

— Je ne vous importunerai pas longtemps. Je m'appelle Cristalline Bigorneau et j'ai un service à vous demander. Voilà, j'ai un gros problème… Enfin, c'est surtout mon frère qui en a un.

Elle lui expliqua le chômage de Lucien et son talent avec des trémolos dans la voix, adoptant par moments une pose tragique. Un groupe de touristes pouvait bien s'époumoner qu'elle leur masquait la vue, elle n'en avait cure : l'avenir de Lucien était en jeu et on ne plaisantait pas avec ce qui touchait à son frère. Elle se donna à fond. À mille pour cent. Elle aurait pu émouvoir Belzébuth lui-même, mais, quand elle leva un œil mouillé vers le garde, il n'avait pas bougé d'un millimètre. Pas le moindre petit regard complice ! Rien. Roméo n'avait peut-être pas tort. Ce type avait l'air d'un rescapé du musée Tussauds. Elle eut follement envie de le pincer pour vérifier, mais le léger hennissement du cheval, comme un sinistre avertissement, l'en dissuada.

— Écoutez. Vous pouvez m'aider, insista-t-elle. Il s'agit juste de faire passer une lettre à la reine. Ou à un garde qui la côtoie et qui pourrait la lui remettre. Si vous êtes d'accord, clignez une fois des yeux.

Cristalline patienta, scrutant le soldat. Enfin, il s'exécuta. Elle ravala sa salive, rapport au cheval, extirpa le courrier de sa poche et approcha d'un pas. Puis, rapidement, elle le glissa dans la main du garde, s'attendant à ce qu'il le planque dans son uniforme, mais un coup violent lui coupa le souffle, suivi d'un hurlement qui lui glaça l'échine.

— *To attack a royal guard is forbidden*[1] !

Cristalline tomba à la renverse, les fesses par terre – et dans une flaque forcément. Encore sous le choc, elle ouvrit des yeux hébétés. Ce dingue l'avait frappée avec la crosse de son fusil !

En une minute, Lucien fut au-dessus d'elle, rouge, les sourcils froncés. Roméo la regardait avec effarement.

— Qu'est-ce que tu as encore fabriqué ? gronda son frère.

— J'ai juste voulu lui faire passer la lettre, se défendit Cristalline. On avait un code : s'il était OK, il clignait des yeux. Il a cligné, je le jure !

— Mais, Cristalline, tout le monde cligne des yeux ! Si la mission des gardes se résumait à garder la rétine sèche, des statues feraient mieux l'affaire.

1. « Il est interdit d'agresser un garde royal ! »

— C'est le monsieur qui a crié, maman ? demanda Roméo en observant le garde, qui avait repris sa posture impassible. Sur toi ?

— Oui, affirma Cristalline bien haut.

— Donne-moi cette lettre, exigea Lucien.

— Non, on pourrait essayer de…

— Donne-la-moi !

— Mais nous avons peu de temps ici et…

— TOUT DE SUITE.

Cristalline finit par obtempérer. Lucien empocha le papier et la tira par le bras devant une foule incrédule.

— Tu me fais honte ! Ce mec-là, ce n'est pas un soldat de pacotille ! Si tu écoutais quand je te lis les indications des guides, aussi. Ce gars, si ça se trouve, était en Afghanistan la semaine dernière. Ce sont de vrais militaires. Pas des épouvantails !

Il interrompit sa tirade, préférant pousser un grognement exaspéré. Cristalline ne répondit pas. OK, elle était en tort. OK, elle avait exagéré. Mais ils avaient si peu de temps. Elle adressa un sourire à son frère. Pas grave si ce plan avait échoué. Elle n'avait pas dit son dernier mot.

Chapitre XX

Lucien

Quel après-midi ! Lucien était soulagé d'être rentré chez Victoria. Il s'installa en compagnie de Maguelone sur l'un des petits bancs du jardin. Un peu de vin déborda du verre que la jeune femme tenait dans sa main, entachant le prodigieux vert de l'herbe. Lucien admirait les petits sursauts qui agitaient son corps à chaque éclat de rire. Elle ressemblait à une fine marionnette, légère et joyeuse. Il ne prêtait pas attention à la fraîcheur de cette fin de journée. Il aurait pu affronter la banquise sans ciller pour un tête-à-tête avec elle. Lucien remercia mentalement le buraliste qui avait vendu son premier paquet de clopes à Maguelone quand celle-ci lui avait demandé de l'accompagner pour s'en griller une dehors. Seul à seul.

— Tu plaisantes ? lança-t-elle en posant son verre pour allumer sa cigarette et s'adosser contre le banc. Elle a vraiment essayé de filer la lettre en douce à un garde ?

— Vraiment ! acquiesça Lucien. Mais, crois-moi, elle n'en est pas à son coup d'essai ! Tenter d'intimider les figures d'autorité ? C'est la spécialité de Cristalline depuis toujours. Tout a commencé il y a très longtemps, quand nous étions à l'école. J'étais en CE1, Cristalline en CE2. Juste avant Noël, le directeur a reçu plusieurs courriers de menaces, et ils ne faisaient pas dans la dentelle ! On l'a su grâce à Barnabé, le fayot de la classe, qui collait en permanence les maîtresses à la récréation. Elles en discutaient et il a entendu que les lettres contenaient des trucs du genre : « Profite de ton Noël, ce sera le dernier si tu n'exerces pas mieux ton métier », ou encore : « Je vais t'étrangler avec une corde à sauter si tu ne te tiens pas à carreau. » Charmant, hein ? Sur le coup, ça a fait tout un foin et puis ça s'est tassé à la rentrée. Plus tard, mon père m'a raconté qu'il avait retrouvé les brouillons dans la chambre de Cristalline, tapés à la machine à écrire familiale.

Maguelone poussa un petit cri.

— Non ? Vrai de vrai ? Et il n'a pas pris peur ?

— Pas le moins du monde ! Au contraire, il l'a félicitée quand elle lui a expliqué pourquoi elle avait fait cela. Le directeur m'avait convoqué dans son bureau parce que je ramassais des cailloux dans la cour pour les offrir à ma mère. Je choisissais les plus beaux. Il y en avait des rouges magnifiques autour des arbres. Il m'avait surpris, avait hurlé sans que je comprenne pourquoi, puis pris les autres à partie. La honte de ma vie ! Cristalline n'avait pas supporté. Tu comprends : seule *elle* avait le droit de m'embêter.

Lucien s'interrompit. N'était-il pas en train de dresser de lui un portrait peu flatteur ? Celui d'un pauvre mec utilisant sa frangine comme bouclier ?

Mais Maguelone souriait tendrement. De toute façon, on ne construisait pas une relation sincère sur des mensonges. La fée avait dû percevoir depuis le début qu'il n'était pas Ken le survivant !

— Toi et ta sœur, c'est quelque chose, murmura-t-elle un peu rêveusement, en se penchant à nouveau pour saisir son verre.

— Ça, oui ! Mais ce qu'elle est agaçante, soupira Lucien.

— Ce que vous vous aimez !

Touché, coulé. Lucien ne put qu'acquiescer. Mais ils avaient assez parlé de Cristalline. Il gigota un peu, but une gorgée de vin. Il était temps. Il ouvrit le sachet en papier qu'il avait trimballé toute la journée, attrapa la boule à neige, puis la posa entre eux d'un geste maladroit.

— C'est pour toi, marmonna-t-il en piquant un fard. Pour te remercier de nous accueillir.

Maguelone devint toute rose (ce qui rassura Lucien : il n'était pas le seul à surchauffer) et saisit précautionneusement le bibelot avant de le secouer.

— Oh ! Merci ! Tu t'en es souvenu ? souffla-t-elle d'une voix émue.

— De la liste de ce que nous aimons ?

— Oui !

— Bien sûr. De tout : la mer, mais quand il pleut ou que le vent d'ouest transforme les vagues en gros rouleaux. Les Converse jaunes (pas les blanches, car tout le monde les porte). L'huile essentielle de pin (mais pas celle de cèdre)…

Il récita tout, à la virgule près, et reprit son souffle avant de conclure :

— Et tu ne l'as pas dit, mais je pense pouvoir ajouter, sans m'avancer, les tantes antipathiques !

Maguelone eut l'air surprise, troublée, puis ravie. Lucien se sentit soulagé. Avant qu'il ne rencontre Lolitta, un copain au pub lui avait déconseillé d'être trop empressé auprès des filles : ça les effrayait. Il fallait être indifférent, voire un poil goujat. Ne surtout pas leur montrer qu'on les écoutait trop, sinon, ça leur donnait de mauvaises habitudes et on se transformait en chihuahua de compagnie. Quand Lucien avait raconté cela à Alistair, celui-ci avait ri si fort qu'il en avait écrasé sa fève mère. « Mais, mon petit, c'est tout le contraire ! Il faut les choyer, toujours les écouter et les comprendre. Ce sont des femmes et nous avons l'honneur qu'elles nous octroient une chance, à nous, pauvres créatures ! Ne t'avise pas de suivre les conseils de cet imbécile. » Comme quoi, Alistair avait raison.

Maguelone soupira. Elle renversa ensuite sa tête en arrière et ferma les yeux, s'offrant ainsi aux derniers rayons du soleil.

Tu te penches, tu l'embrasses, et hop, c'est bouclé, songea Lucien. Mais, le temps qu'il prenne son courage à deux mains, l'occasion de saisir sa chance s'était envolée. Le silence s'éternisa, alors que, déjà, l'atmosphère s'appesantissait.

— Twix m'a dit que vous sortiez, ce soir ? demanda Maguelone en ouvrant les paupières, sans regarder Lucien.

Son ton n'était pas naturel. À moins que ce ne soit son imagination. Mais non ! Était-elle… un peu jalouse ?

— Oui. Mais on…

Juste au cas où ses fantasmes correspondraient à la réalité, il crevait d'envie de tout lui expliquer, mais il ne pouvait trahir Twix. Qui souhaiterait qu'on clame sa virginité sur tous les toits ?

— On va seulement faire un peu la fête, reprit-il, penaud.

— Ah, d'accord. C'est bien de sortir entre mecs. En avant la drague ! lança-t-elle en écrasant sa cigarette. Bon, on rentre ? On doit dîner tôt si vous voulez profiter de votre nuit de folie.

Lucien se mordit sauvagement la langue pour ne pas lui hurler la Vérité, la vraie. Ce fut une souffrance de suivre le balancement décidé des hanches de Maguelone jusqu'à la cuisine, où tout le monde s'était réuni. Victoria tenait sa propre boule à neige, choisie par Cristalline, et l'observait d'un air circonspect. La remarque ne se fit pas attendre.

— Dieu que c'est laid ! Mais j'apprécie l'attention et m'incline : vous auriez pu trouver pire, c'est certain.

— Ravie que cela vous plaise ! répliqua Cristalline sans s'offusquer.

À cet instant, rien n'aurait pu fâcher sa sœur : elle était là, bière à la main, à regarder Twix et le gamin. Ce dernier plongeait une grande cuillère dans le plat fumant posé sur le comptoir et levait le pouce d'un air enthousiaste. Le couvert avait été mis : assiettes anciennes et dépareillées, toutes charmantes, verres à pied biscornus, vin rouge, vin blanc. Du pain de mie grillé attendait son heure dans une corbeille en bois. Victoria s'éclipsa un instant et revint armée d'un poste radio qu'elle brancha sur le plan de travail. Du jazz résonna dans la pièce. Lucien se sentit terriblement bien. Au chaud, comme dans un cocon. Si seulement il n'avait pas ce goût amer sur ses lèvres. Celui du baiser envolé.

— On admire l'œuvre de Twix ou on attaque ? s'exclama Victoria en frappant dans ses mains.

Tous s'attablèrent et Cristalline servit de généreuses portions à chacun.

— Qu'est-ce que tu avais dit, Twix ? demanda Maguelone après avoir gémi de plaisir.

— Qu'on réviserait notre opinion si on pensait savoir ce qu'était le plaisir avant d'avoir goûté à ceci ! répondit Lucien à la place du géant, qui finissait d'avaler sa bouchée.

— De fait, c'est absolument exquis, déclara Victoria.

Visiblement ému, Twix la remercia. L'assemblée approuva. C'était divin, fabuleux, merveilleux. La viande fondait sous la langue. Les épices explosaient sous le palais. Les pommes de terre étaient parfumées et les oranges relevaient le tout d'une légère acidité : un vrai régal.

Lucien se tourna vers Maguelone pour la regarder manger. Mais elle était en train d'échanger un regard de connivence avec Victoria et prit la parole dans la foulée :

— Je suis décidée !

— Moi aussi, renchérit sa tante avec un sourire mystérieux.

Lucien et Cristalline levèrent le nez de leur assiette sans comprendre.

— Oh oui ! annonça Maguelone l'air de rien. Nous avons bien réfléchi pendant votre périple à Whitehall.

— À quoi ? s'enquit Cristalline, intriguée.

— Nous allons faire de cette maison un *bed and breakfast*, s'exclama Maguelone, au comble de l'excitation.

Victoria s'exclama comme si elle venait d'avoir une révélation :

— Twix, vous qui cuisinez si bien… Ne voudriez-vous pas être notre cuisinier ?

Ce dernier lâcha sa fourchette, qui atterrit dans la sauce, éclaboussant au passage son tee-shirt. Il bégaya, regarda Cristalline, puis Lucien, et enfin Roméo qui hocha la tête avec enthousiasme.

— L'affaire est-elle conclue ou vous comptez rester muet ? C'est ce qu'il nous fallait, tiens : un cuisinier qui a perdu sa langue !

— Victoria, gronda Maguelone.

— J'accepte ! s'exclama Twix avec la vigueur d'une jeune fiancée.

— Merveilleux ! se réjouirent en chœur les futures boss du *bed and breakfast*.

Lucien était heureux pour son ami… Mais un vilain sentiment, noir et visqueux, remontait de son cœur jusqu'à sa gorge, l'étouffant un peu – la jalousie. Il détestait l'idée que Twix reste alors que lui devrait repartir. Il haïssait la perspective de ce dernier contemplant Maguelone tous les jours, au réveil, avec sa chevelure froissée. Au cours de la journée, en train de se déplacer avec sa claudication charmante. Ou le soir, quand les esprits et les bouches se libèrent à la faveur de l'alcool. Une terrible pensée l'assaillit. Et si Twix et Maguelone finissaient ensemble ?

Tu ne seras pas là pour le voir, de toute façon, répondit la petite voix de la raison, qui venait de se manifester du fin fond de son cerveau.

Peut-être que si, quand ils m'inviteront à leur mariage, la contra Lucien.

Pas le choix. Il devait empêcher cela, à tout prix. Coller Twix dans les bras d'une autre. A-GIR !

— Je me ressers ! s'écria-t-il avec enthousiasme, en s'emparant de la louche. Il me faut de l'énergie pour notre nuit de folie, n'est-ce pas, Twix ?

Chapitre XXI

Twix

Qu'est-ce qu'il fichait là ? Cette idée était tordue, insensée, folle.

— C'est ici, murmura Twix d'une voix incertaine, observant de l'autre côté de la rue l'enseigne lumineuse du *Pink Desire*.

Du « Pk Dre », en fait. La moitié des lettres en néon rose étaient éteintes. L'une clignotait lamentablement avec un bruit de mouche en fin de vie. Des graffitis recouvraient la façade en briques. Richmond, son codétenu, s'était moqué de lui. Où était passé le paradis peuplé de belles lianes qu'il lui avait dépeint ? Il était hors de question de mettre les pieds là-dedans. Il n'infligerait pas ce calvaire à Lucien. Il retint donc son compagnon, qui s'apprêtait à traverser.

— Quoi ? demanda ce dernier en lui faisant face, l'œil guilleret, l'air tout à fait déterminé.

— On devrait faire demi-tour. C'était une mauvaise idée. Regarde la devanture de ce truc !

Lucien étouffa un soupir.

— Tu te cherches des excuses, là !

— Des excuses ? répéta Twix en pointant du doigt le bâtiment délabré.

— Tout à fait ! Il se peut qu'à l'intérieur ce soit charmant. De toute façon, nous avons une mission à accomplir. Tu dois y aller.

Une bouffée d'angoisse s'accrocha au cœur de Twix, alors qu'il observait son compagnon de galère, qui au contraire semblait très détendu. Évidemment, ça n'était pas lui qui était sur le point de jeter sa virginité en pâture dans le bar le plus miteux de la ville. Il recula d'un pas, sa volonté se faisant la malle à la vitesse de l'éclair.

— Tu n'as pas fait tout ce chemin pour abandonner maintenant, lança Lucien d'une voix ferme, après s'être planté face à lui. Il gèle, en plus ! Allez, action !

Cette petite tirade n'eut aucun effet sur Twix, qui ne bougea pas d'un cil. Lucien posa alors ses paumes sur ses épaules et plongea son regard dans le sien.

— Mec, dit-il avec gravité. Il faut qu'au moins l'un de nos projets se réalise. Je sais que Cristalline et moi n'avons aucune chance avec notre histoire de fèves et de reine. Donc, s'il te plaît, fais plaisir à un loser de ma trempe : réussis ton défi. Il est moins coton que le mien, je suis persuadé que des tas de nanas vont se jeter sur toi, là-dedans. Rappelle-toi ce que t'a dit ton copain de cellule : ardentes comme un feu de brousse !

Peut-être qu'elles l'avaient été avec Richmond. Seulement, lui, il était beau gosse.

— Tu parles, marmonna Twix, soudain dépité. J'ai trois doigts en moins, une tête à faire peur et je manque d'assurance avec les femmes. Quelle chance je peux bien avoir ?

Lucien lui adressa un sourire lumineux.

— Tu en connais beaucoup, toi, des gens qui ont une vie strictement glorieuse ?

Twix se tut un instant. Pas vraiment. Juste une personne.

— Ta sœur ?

— C'est vrai, concéda Lucien après quelques instants de réflexion. Mais elle compte pour du beurre : c'est un cas à part. Une exception. Une étoile au firmament nous surpassant tous !

Pas d'hésitation là-dessus. Twix lâcha un rire enroué. Lucien lui donna un petit coup de poing dans l'épaule.

— Alors, champion ? C'est parti ?

Les deux hommes traversèrent la rue et se plantèrent devant l'entrée. Lucien frappa et la porte s'ouvrit sur un vigile immense, qui les toisa d'un air peu engageant. Le fils naturel de Goldorak et de Marilyn Manson : puissant au possible, sombre comme jamais. Ses poings ressemblaient à des boules de bowling, ses yeux étaient fardés de noir.

— *Yes* ? marmonna-t-il dans sa barbe (taillée en une pointe sinistre).

Twix ouvrit la bouche. Aucun son n'en sortit. Il laissa donc Lucien gérer l'affaire.

— *Good evening*, lança ce dernier d'une voix courtoise, dans un anglais maladroit. *Two tickets please*[1].

1. « Bonsoir, deux entrées s'il vous plaît. »

Le vigile grogna quelques mots que Lucien traduisit simultanément : « C'est gratuit. La seule règle est de consommer. L'établissement décline toute responsabilité en cas de perte, de vol ou de dents en moins. »

Ils laissèrent le gorille leur administrer vigoureusement un tatouage en forme de cœur sur la main et avancèrent, inquiets, dans un long corridor lugubre – linoléum beige décollé par endroits, affiches suggestives, lumières crues – pour finalement arriver devant une deuxième porte que Lucien poussa. Et là ! Un diamant dans un sac Lidl : la salle dans laquelle ils pénétrèrent était superbe. Lucien gloussa de plaisir alors que Twix, bouche bée, observait les lourds lustres en cristal, les filles en frou-frou qui tournoyaient autour de barres dorées, leurs jambes interminables en l'air, et des dizaines de tables où se mêlaient de nombreux clients, tous styles, sexes et âges confondus. En fond sonore, la bande originale de *Neuf semaines et demie* donnait le ton. Lumières tamisées, beau monde. Jolies plantes.

— Tu vois, il ne faut jamais se fier aux apparences, souffla Lucien.

— Tu l'as dit, murmura Twix en admirant la rousse qui, sur scène, se débarrassait de son encombrant tailleur.

— Je vais aux toilettes, asséna Lucien (ce qui eut le don de recentrer Twix sur la conversation). Tu commandes ? Une pinte pour moi. Je te rejoins dans deux minutes au bar, ça marche ? Profites-en pour faire du repérage, si tu vois ce que je veux dire.

Le clin d'œil appuyé qui suivit ces paroles fit rougir Twix. Soudain rappelé à ses obligations, son angoisse redoubla de plus belle en se dirigeant vers le comptoir. Un petit remontant ne lui ferait pas de mal. Après tout, il pouvait très bien ne pas s'infliger cette épreuve. On pouvait vivre vierge. Passer l'arme à gauche – en étant vierge.

— Deux pintes ! commanda-t-il d'une voix d'automate au serveur qui se penchait vers lui par-dessus le zinc.

Non. Il n'y avait pas mort d'homme. D'ailleurs, pourquoi faisait-on une telle affaire du sexe ? On pouvait parfaitement s'en passer. Il en était la preuve. Sans compter que…

La vue coupa la chique à ses lâches réflexions. Comment aurait-il pu en être autrement ? Cette blonde qui tirait aux fléchettes, là, juste au bout du comptoir. Divine. Une vraie vamp. La même que celle devant laquelle bave le loup dans le cartoon *Tex Avery*. Robe rouge, hanches pulpeuses, bouclettes sages et… sacré lancer ! Sa fléchette s'était plantée en plein dans le mille et elle sautillait de joie alors que son adversaire, un brun dégingandé, perdant le pari qu'ils avaient dû conclure, lui donnait une liasse de billets d'un air maussade. Twix attendit d'être servi. Puis il régla le barman, saisit les deux pintes et s'approcha de Miss Avery.

— *Who's next*[1] ? demandait-elle à la cantonade, en pivotant sur elle-même, la mine aguicheuse et innocente, la prunelle flamboyante et candide.

1. « À qui le tour ? »

Yeux de biche, bouche en cœur, pommettes hautes, elle était irrésistible. Il ne réfléchit pas et leva la main.

Après tout, il n'était pas mauvais en fléchettes. En taule, il avait même été proclamé Roi viseur lors du quarantième concours annuel de tir qui opposait gardiens et détenus. Miss Avery plongea son regard dans le sien. Twix en fut tout chamboulé. Son ventre se noua, son cœur joua à saute-mouton. Il demeura muet, figé, ému. Elle lui adressa un sourire compatissant, comme si elle comprenait, comme si elle avait l'habitude de produire cet effet-là sur la gent masculine, puis elle s'approcha pour glisser son bras délicat sous le gros coude de Twix et l'entraîner vers la cible.

Guère concentré sur celle-ci, il perdit comme un bleu à la première manche. Il ne sut trop comment, mais elle réussit à le convaincre de jouer la partie suivante pour vingt livres. Elle se réjouit et sautilla à chaque fois qu'elle visait dans le mille. Twix ne souhaitait qu'une chose : continuer à la regarder et à discuter avec elle – tant bien que mal. Il réclama donc – péniblement – une revanche. Elle accepta pour une mise à quarante livres. Puis une autre (mise à soixante). Et une autre (mise à cent). Quand il perdit une cinquième fois, il songea à Lucien. Où était-il passé ? Combien de temps s'était écoulé avec Miss Avery, dont les yeux se plissaient et qui tendait désormais une paume inflexible dans sa direction pour récupérer la somme gagnée ? Autant de questions qui se noyaient dans son esprit et se dissolvaient sous l'effet des deux bières qu'il s'était finalement enfilées cul sec et qui lui faisaient tourner la tête.

— *You owe me two hundred and twenty bucks*[1] ! claironna-t-elle.

Ses prunelles brillaient de convoitise. Twix fronça les sourcils, hésitant. Comment avait-il pu se montrer si stupide ?

— *No*... protesta-t-il faiblement.

Il n'allait tout de même pas perdre deux cent vingt livres dans cette affaire ! C'était du vol, et il s'y connaissait en la matière.

— *But it's the rule*[2] ! lança-t-elle d'une voix forte, alors que les clients autour d'eux tendaient l'oreille.

Certains grimaçaient, circonspects : dans quelle situation s'était collé ce type ?

— *Martha is furious*[3] ! commenta quelqu'un, assez fort pour que Twix puisse l'entendre.

Martha ? C'était son nom ? Mais c'était le cadet de ses soucis, car il prenait conscience de s'être fait avoir. À moins que. Une part de son âme, embrumée par l'alcool, prit les devants. Sa poitrine palpitante, son grain de peau mat, ses yeux lourdement maquillés... Il s'approcha d'elle et murmura à son oreille, d'une voix très douce, en s'appliquant pour bien se faire comprendre. L'effet fut prompt. Elle se recula vivement.

— *You are crazy !*

---

1. « Ça fera deux cent vingt livres ! »
2. « Mais c'est la règle ! »
3. « Martha est furieuse ! »

Raté, son invitation à dîner venait de faire tourner la situation au vinaigre. Le ton était cassant et froid. Elle se tourna vers l'assemblée, en quête de témoins.

— *This man is trying to rip me off*[1] *!* s'exclama-t-elle en lui lançant un regard méprisant.

Les clients éclatèrent de rire. Twix se sentit ridicule, terriblement maladroit. *Douché.* Qu'est-ce qu'il lui avait pris de faire une telle proposition ? Toute cette histoire lui montait à la tête. Il était temps de filer à l'anglaise.

Mais où diable était Lucien ?

Twix recula d'un pas et fit volte-face pour tirer sa révérence vite fait, bien fait, mais, à ce moment-là, une poigne de fer s'abattit sur son épaule.

Tourne-toi, Benvolio, et fais face à ta mort.

Il avait lu *Roméo et Juliette* en prison et pigeait désormais ce qu'avait dû ressentir le pauvre garçon face à Tybalt. L'homme le surpassait en tout point. Plus grand, plus large, plus musclé. Plus de doigts. Ses cheveux corbeau, plaqués sur son crâne, lui donnaient un air de mafieux, alors que ses yeux sombres lançaient des éclairs. Twix couina.

— Oui ? lâcha-t-il d'une petite voix ridicule.

Le colosse le foudroya du regard et se mit à aboyer furieusement contre lui. Twix n'eut pas besoin d'interprète pour deviner qu'il se faisait copieusement insulter. Ce qu'il comprit trop tard, en revanche, était que la brute était le mari de Martha.

— *I kill you*[2] *!* hurla-t-il, avant de gifler Twix.

---

1. « Cet homme est en train d'essayer de m'arnaquer ! »
2. « Je vais te tuer ! »

Ce dernier crut que son cou allait se désolidariser de sa tête et il se frotta douloureusement la joue. Le silence s'était abattu sur eux. Même le DJ avait stoppé la musique. Twix entendait les chuchotements : *He's dead*[1] !

Le désespoir l'étreignit et fit place à la panique quand le public scanda « Drogo ! Drogo ! Drogo ! », alors que le titan l'attrapait par le collet… Enfin, la panique se transforma en colère. Il n'était pas venu ici pour se faire dépouiller puis étouffer !

Il grogna et adressa à son bourreau une œillade farouche.

— *He's so ridiculous, with his poor fingers*[2] ! tonna Drogo en lâchant un rire méchant.

La rage s'empara de Twix, qui, sans une hésitation, exécuta ce qu'on lui avait appris en prison. *Sers-toi de tes faiblesses*, songea-t-il. Il planta ses *doigts ridicules* dans la glotte de Drogo. Ce dernier le lâcha subitement et toussa aussi ardemment qu'un poulet affolé. Bien fait ! Twix ne demanda pas son reste. Il fit demi-tour, poussa les gens qui lui barraient le passage (Miss Avery en priorité), et prit son élan vers la sortie.

— Twix !

C'était la voix de Lucien, enfin, tout près de lui.

— Qu'est-ce que tu fabriquais ? lança Twix sans ralentir, alors que son compagnon lui emboîtait le pas.

1. « Il est mort ! »
2. « Il est ridicule avec ses pauvres doigts ! »

— J'étais en grande discussion avec une bande de Parisiens qui…

— Finalement, oublie. Pas le temps pour la parlotte : il faut déguerpir !

Ils suivirent le corridor en sens inverse pour finir par se retrouver devant l'énorme vigile qui parlait dans son talkie-walkie.

— *OK, I won't let the one-handed man out*[1].

Twix exécuta un dérapage. Lucien lui rentra dedans.

— *Please*… commença Twix.

Le gorille n'écoutait pas. Il se contentait de reluquer sa main abîmée, vérifiant sans doute qu'il s'agissait du bon gars. Il esquissa un geste, fronça les sourcils, se recentra sur les doigts de Twix et marmonna dans sa barbe.

Lucien murmura à voix basse :

— Il dit que le boss ne veut pas qu'il laisse sortir l'homme à une main, mais que celui-là en a deux. Il parle de toi, Twix !

— Je sais, grommela ce dernier, figé par l'angoisse.

Le front du vigile se plissa. On pouvait presque voir les rouages de son cerveau se mettre doucement en branle. Il leur ouvrit finalement la porte. Retenant un cri de joie, Twix fonça dehors, suivi par Lucien

Certes, il était toujours vierge, mais encore en vie. Quel soulagement !

*

1. « OK, je ne laisserai pas s'échapper l'homme à une main ! »

Quelques heures plus tard, Twix se tournait et se retournait dans son lit, incapable de trouver le sommeil. L'euphorie de s'en être sorti avait disparu. Il haïssait sa naïveté, se maudissait d'être lui et regrettait amèrement que les choses se soient déroulées ainsi. Il en était à se dire qu'il était le plus imbattable des perdants, quand la porte s'entrebâilla. Elle s'ouvrit et se referma aussitôt. En reconnaissant la silhouette qui venait de faire irruption dans sa chambre, le cœur de Twix s'emballa.

— Ça a marché ? murmura Cristalline, qui se tenait devant lui, dans un improbable pyjama rose, sa formidable cascade de boucles blondes tombant sur ses épaules.

Twix secoua la tête, paralysé par l'émotion. Cristalline étouffa un rire joyeux.

— Ça veut dire non ?

Elle venait de s'asseoir sur son lit. Twix sentit des fourmis lui dévorer les pieds, les jambes, le ventre…

— Oui, répondit Twix. Oui, ça veut dire non.

— Tant mieux, sourit Cristalline. Ce plan ne tenait pas la route, de toute façon.

— C'était couru d'avance. Je suis un cas déses…

Avant qu'il n'ait pu finir sa phrase, Cristalline avait déposé un baiser sur ses lèvres.

Chapitre XXII

Lucien

Il s'était réveillé grognon. La soirée perte-de-virginité avait été un fiasco. Pire que cela : quand ils étaient rentrés, Maguelone était déjà partie se coucher. Lucien avait donc fini seul dans son lit. Lui qui aurait rêvé de ses jambes finettes enroulées autour des siennes s'était réveillé sous la poigne de sa sœur qui le secouait avec vigueur, ne daignant même pas attendre qu'il ingurgite un café pour lui rebattre les oreilles avec le programme de la journée. Troisième phase de l'opération Buckingham : départ aux aurores, visite du palais et, advienne que pourra, il faudrait improviser.

C'était n'importe quoi. Il avait vraiment rechigné pour venir. Il avait même tenté de convaincre Cristalline que ça n'en valait pas la peine, qu'un tour à Buckingham ne changerait rien à la situation, qu'il fallait d'abord attendre de savoir si le coup de la lettre avait marché. Elle n'avait rien voulu entendre. Il avait donc protesté plus fort. En vérité, Lucien n'y croyait plus *du tout*. Ils étaient tous une bande de bras cassés dans leur genre. Si Twix n'avait pas atteint son objectif, comment lui pourrait-il atteindre majestueusement le sien ?

Il était chômeur et deviendrait affûteur de joints de culasse, ou serveur. Il se dégoterait un job normal : prof de fitness, électricien, entrepreneur, banquier. Mais Cristalline l'avait contré avec ses armes fatales : sourire, humour, gentillesse, obstination insupportablement douce. Comme d'habitude, elle avait réussi à le faire céder. Et il se trouvait là, pris en sandwich entre une mamie béate et sa sœur, planté devant le *Master of the Household*, un bonhomme *so chic* chargé d'accueillir les visiteurs dans la Grande Entrée de Buckingham Palace.

— Songez qu'il y a de ça quelques années, le château ne pouvait être visité qu'en été, lorsque Sa Majesté séjournait en Écosse. Désormais, vous avez la chance de pouvoir admirer Buckingham tout le temps, que la reine y demeure ou pas.

— C'est notre veine ! marmonna Cristalline entre ses dents, tout en serrant les poings à s'en faire craquer les phalanges.

Lucien se tendit à l'extrême. Comptait-elle traquer et… trouver la reine ? Ce projet la rendait décidément dingo.

— Barrons-nous d'ici. Direction le pub. J'offre la première tournée ! proposa-t-il.

Cristalline fronça les sourcils et agita les doigts comme si elle chassait une vilaine mouche.

— Chut ! J'écoute.

Lucien réprima un cri d'irritation.

— Arrête de jouer la fayotte, ça ne marche pas.

Elle prit l'air concentré et fixa son attention sur le *Master of the Household*, qui poursuivait :

— Ma fonction ici est très ancienne : elle date d'il y a quatre cents ans. Cela a commencé en 1603. Mais je n'en dis pas plus et m'efface pour vous présenter Anna Reynolds, la conservatrice de la Royal Collection Trust, qui va vous guider dans ce magnifique endroit.

Quand la jeune femme apparut, avec son élégant tailleur gris et sa merveilleuse chevelure noisette, Cristalline applaudit à tout rompre en braillant un « Youhouhou ! ». Elle en faisait trop. Les autres visiteurs étouffaient des gloussements moqueurs. Lucien fila un coup de coude à Cristalline pour calmer ses ardeurs. Mais elle poursuivit de plus belle. Vaine flatterie. Comme si cette femme allait finir par lui arranger un petit tête-à-tête avec la reine ! Tout cela était pathétique. Un affreux gâchis. Au lieu de profiter du temps qui lui restait auprès de Maguelone, d'apprendre à la connaître mieux et, qui sait, la séduire, il se trouvait embarqué dans une improbable visite guidée, à contempler sa frangine se ridiculiser. Son agacement se mua en colère.

— Arrête ! Tu te donnes en spectacle, la rabroua-t-il sèchement.

Cristalline s'interrompit et, alors qu'Anna Reynolds attaquait un speech sur les colonnes de marbre du Grand Hall, elle lui jeta un regard blessé.

— Ne me fais pas le coup du chien battu, murmura-t-il, inflexible. Ça ne fonctionne pas. Tu déconnes, sérieux. Cette idée de se faire embaucher par la reine, c'est délirant. Ça ne prendra pas. Viens, on s'en va.

Cristalline le dévisagea avec mépris et, sans un mot, obéit au guide, qui les invitait désormais à la suivre dans le Grand Escalier. Cette dernière leur expliqua que cette fabuleuse volée de marches était censée permettre un sentiment d'élévation. *Mouais.* Lucien éprouvait tout le contraire. Plus il montait, plus il avait l'impression de redescendre sur terre : cette histoire n'était qu'une vaste mascarade. Il assisterait à la visite jusqu'au bout, ne souhaitant pas se donner en spectacle en s'esquivant en plein milieu du discours de la jeune femme. Mais, une fois sorti d'ici, il mettrait un terme à tout cela. Il serait franc avec Cristalline. Que cela lui plaise ou non, elle serait bien obligée de l'écouter.

Cette perspective le rasséréna. Fini la fantaisie.

Évidemment, quelques minutes plus tard à peine, tout dérapa.

Ils étaient dans la salle du Trône lorsque Cristalline disparut, comme ça, en un claquement de doigts. Lucien s'était tourné vers elle pour lui chuchoter un truc et elle s'était volatilisée. Après un moment d'hébétude, il scruta son groupe, scanna la pièce et dut se rendre à l'évidence : cette imbécile (et il pesait ses mots) avait filé en douce pour mettre la main sur la reine. Élémentaire, mon cher Watson : Cristalline montait toujours crescendo. Un crescendo furieux et stupide, enivré – comme celui de leur père (vu où ça l'avait mené, il y avait du souci à se faire). Et zut, après tout ! Lucien eut envie de poursuivre la visite comme si de rien n'était et la laisser se faire prendre, arrêter, voire *tuer* ! Oui, tout à fait. Elle l'excédait, avec ses agissements inconsidérés, et cette manie qu'elle avait de régenter sa vie !

— Notez les rideaux et les chandeliers, très théâtraux… Et maintenant, veuillez m'accompagner dans la Galerie, qui vous réserve bien des surprises !

Anna se dirigea hors de la salle, imitée par le groupe, qui trottinait derrière elle avec enthousiasme. Lucien suivit, bien décidé à laisser sa sœur se débrouiller. Mais, très vite, sa colère disparut pour faire place à une angoisse sourde. Dans quels draps royaux Cristalline comptait-elle se fourrer ?

Ils se trouvaient dans le Grand Hall, quand soudain des beuglements et des vociférations provinrent du couloir adjacent. Cristalline surgit. Pas seule, ni bras dessus, bras dessous avec la reine en train de parler de fèves. Rien de tout cela : trois gardes l'entouraient. L'un se tenait le nez. Les deux autres la retenaient fermement par les bras. Le plus costaud menotta Cristalline, qui se débattait en jurant. *Évidemment. Histoire de se mettre encore plus dans le pétrin*, songea Lucien avec rancœur.

— Je n'ai rien fait ! Lâchez-moi ! s'égosillait-elle.

Le groupe mené par Anna n'en perdait pas une miette. Les gardes resserrèrent leur prise et l'un d'eux s'exprima en français :

— Vous avez dépassé la limite autorisée pour les visiteurs, asséna froidement celui qui lui tenait le bras droit. Comptiez-vous pénétrer dans l'aile privée du château, à laquelle seuls la reine et ses proches ont accès ?

— Je voulais seulement me rendre aux toilettes ! protesta Cristalline, faussement outrée. *Pipi room*, *understand* ?

Elle tenta de se dégager. Deux gardes supplémentaires se ruèrent sur elle. Elle était folle de leur résister !

— Tais-toi ! intervint Lucien d'un ton autoritaire.

N'avait-elle donc aucune conscience de ce qui pouvait lui arriver ? Ne comprenait-elle pas la gravité de ses actes ? Il n'avait aucune envie de jouer le rôle du témoin lors d'un procès pour outrage aux soldats de la reine et tentative d'effraction ! Rage, déception et amertume l'envahirent.

Il foudroya Cristalline du regard. Elle en eut la chique coupée.

— Arrête ça maintenant, répéta-t-il, glacial, avant de s'adresser aux gardes. Messieurs, je vous prie de m'excuser. Ma sœur est un peu *dérangée* et…

Cristalline bondit et ses joues rougirent de colère.

— Je ne te permets pas de…

Un garde la secoua brutalement. Lucien plissa les paupières.

— Elle est de temps en temps incontrôlable, poursuivit-il sans se démonter. Je suis désolé. Nous partons et nous promettons de ne plus jamais revenir. Jamais. Nous pouvons même signer un papier officiel, si vous le souhaitez.

Cristalline glapit d'indignation. Le garde en chef hésitait visiblement. Il les toisa. Lucien prit son air le plus innocent, et, au bout de quelques interminables minutes, l'autre acquiesça. Miracle !

— Nous allons vous raccompagner à la sortie.

Ils les jetèrent dehors avec perte et fracas. Cristalline se releva, bougonna, serra le poing et finit par éclater de rire.

— Ah ça ! J'ai bien failli croupir dans une geôle de Buckingham. Ils m'ont attrapée au moment où je passais l'écriteau *Do not cross*. J'étais à deux doigts d'entrer chez Élisabeth. Bien joué, mon Lulu !

Elle lui donna une claque dans le dos. Il grogna. Elle s'esclaffa. Il enragea, avant d'exploser.

— Tu ne te rends pas compte de ce qui aurait pu se produire ? Qu'est-ce que tu as essayé de faire ? Hein ? Tu voulais surprendre la reine ? Tu ne vois pas que tu as failli passer pour une dangereuse psychopathe ? Ça te fait rire ? Et tu te serais autant marrée si tu avais échoué en taule pour de vrai ? Tu as songé à Roméo ?

À ces mots, Cristalline blêmit avant de hausser les épaules, l'air faussement dégagé.

— Oui, c'est bien ça, poursuivit Lucien, dépassé par sa colère. Tu n'y avais pas pensé ! Comme quand tu t'es battue avec Grands Panards. Comme la fois où tu as tellement tabassé la fille de CM2 qui me harcelait qu'elle a fait un séjour à l'hosto. Tu n'as aucune limite. Aucune. Tu es comme *lui* et j'espère de tout mon cœur pour Roméo que tu ne finiras justement pas comme *lui*.

Cristalline grimaça, comme s'il l'avait frappée. Sur son visage passa un voile de tristesse qui, en un instant, se transforma en rage bouillonnante. Ses yeux lancèrent des éclairs.

— Ne me juge pas en tant que mère. Ne me dis pas que je suis comme lui ! brailla-t-elle. C'est faux.

Il était merveilleux, mais irresponsable, égoïste. Je ne le suis pas, *moi.*

Lucien frémit. Quelle mouche les piquait ? L'air anglais ? Cristalline et lui ne se disputaient jamais d'ordinaire.

Il aurait dû calmer le jeu, mais il n'y parvint pas.

— Ah bon ? ironisa-t-il.

— Parfaitement, protesta Cristalline. Tu ignores tout de lui. Tu es aigri, tu es amer et tu juges sans savoir.

Évidemment ! Elle était *tellement* plus proche de Papou, *elle* !

— Bien sûr, ricana Lucien. Cristalline et son papa… Cristalline qui rit avec son papa, discute sans fin avec son papa, casse des assiettes avec son papa…

— Lucien, arrête, supplia Cristalline.

— Pourquoi tu te mets dans de tels états ? poursuivit-il. Je vais répondre pour toi : parce que c'est la vérité ! Tout ce que je dis, c'est la vérité. Il *te* préférait parce que tu lui ressemblais. Il était inconscient, comme toi. Et il en a crevé, de ses conneries immatures.

Un rictus follement chagrin déforma les traits de Cristalline.

— Il s'est suicidé, abruti ! *Suicidé* ! Tu piges ?

Elle avait hurlé ces derniers mots. Des passants ralentirent devant eux, les regardant curieusement. Elle se tut ensuite et baissa la tête. Lucien reprit son souffle. Dans son cœur s'éleva un orage immense. La conscience de la grande trahison le laissa pantelant. Il ne pipa mot. Ses bras restèrent ballants.

— De quoi tu parles ? parvint-il à chuchoter lorsqu'il se fut approché d'elle, tout près.

Elle leva vers lui des yeux rougis par le chagrin.

Alors, l'héroïne de son enfance fut déchue. Il eut envie de crier très fort, si fort qu'on l'entendrait à l'autre bout du monde. Cristalline, la grande Cristalline, dépositaire de ses secrets, gardienne de son confort et de sa sérénité, invincible sauveuse, inimitable protectrice et confidente, lui avait menti pendant des années. Le père n'avait pas eu d'accident ? Il s'était foutu en l'air ? Lucien se contint. Jamais il ne lèverait la main sur une femme. Jamais sur elle. Jamais sur quiconque, en fait. Mais il voulait être loin, le plus loin possible de cette personne qui ne ressemblait plus à sa sœur. Sanglotant, ravalant ses larmes, sa rage, il fuit à toutes jambes.

*

— Je peux m'asseoir avec toi ?

Lucien accepta. Il avait erré dans Londres plusieurs heures après le carnage de Buckingham, jusqu'à ce que la pluie se mette à tomber en même temps que le soir et que, las de ressasser sa douleur, sa solitude, il retrouve le chemin de Piccadilly. Depuis, il se trouvait dans le jardin de Victoria, à ruminer en fumant comme un pompier de première classe. Et, cigarette après cigarette, son chagrin se mêlait de curiosité. Comment Cristalline savait-elle que leur père s'était suicidé ? Pourquoi ? Qu'est-ce qui l'avait poussée à ne rien lui dire ?

Les questions s'agitaient dans le bocal.

Sans un bruit, Maguelone s'installa sur le banc froid. Sa cuisse frôla celle de Lucien.

— Alors ? murmura-t-elle.

Désarmé par le soulagement que lui procurait sa présence, Lucien, pour une fois, se mit à parler sans retenue. Peut-être que ce chagrin-là était trop lourd pour qu'il le porte tout seul, ou peut-être Maguelone était-elle bel et bien une fée. Quoi qu'il en soit, lui qui d'habitude peinait tant à sa confier, lui fit le coup du grand déballage.

— J'apprends vingt ans trop tard que mon père a mis fin à ses jours, conclut-il. Je suis tellement, tellement en colère.

— Je comprends, approuva Maguelone avec douceur. Mais peut-être y a-t-il de bonnes raisons à tout ça. Et…

Un bip provenant du portable de Lucien l'interrompit. Il éteignit rageusement l'appareil.

— C'est elle ? interrogea Maguelone.

— Évidemment. Elle en est à son vingtième texto. Elle me demande de la rejoindre vers London Eye, en bord de quai, juste devant la Grande Roue. Pour s'expliquer. Elle peut toujours courir !

Un rire amer le secoua. Ce rire lui fit mal et il se transforma en sanglot – qui fut cueilli au vol par la bouche de Maguelone. Elle s'était avancée très vite, tendrement. Ses lèvres épousèrent celles de Lucien. Une caresse au parfum de framboise. Il ne ferma pas les yeux, observant la jeune femme : sa peau si blanche semblait translucide, malgré les taches de rousseur. Quand leurs langues s'entremêlèrent, il se laissa aller. Il vibra sous l'étreinte. Son cœur manqua de lâcher. Elle s'écarta. Ce fut un supplice. Elle lui sourit. *Un délice*. Lui demanda s'il se sentait mieux. *Un peu mon n'veu*. Lui conseilla de filer voir sa sœur. Il s'exécuta.

Chapitre XXIII

Cristalline

Elle se gelait sur ce maudit banc, avec l'humidité de la Tamise et la bruine qui s'insinuait dans le col de son manteau sur sa nuque frissonnante. Elle avait *sévèrement* dérapé. Et quand elle disait ça, elle ne pensait pas à sa petite escapade buckinghamesque – une broutille à côté de la bombe qu'elle avait larguée sur son pauvre frère. Dire qu'elle avait attendu des années le bon moment, le bon endroit, sans jamais parvenir à lui avouer la vérité par peur de le blesser. Elle s'étonnait même que Lucien ait cru à ses mensonges si longtemps. Papou était grand, intelligent, et croyait dur comme fer en ses idéaux. Sa fantaisie, son imagination n'avaient pas leur place ici-bas, au milieu des contingences matérielles et des exigences de la vie quotidienne : c'est cette inadéquation totale avec ce monde gris qui l'avait avalé tout cru. Lucien tenait ça de lui, quelque part. C'est pour ça que Cristalline s'était toujours demandé si, au fond, son frère n'avait pas fini par deviner ce que cachait cette histoire d'accident. Mais le chagrin qu'elle avait décelé dans son regard tout à l'heure lui avait prouvé qu'elle s'était trompée : Lucien était un vrai tendre, un grand gentil. Il n'aurait jamais remis en question la parole de sa sœur pour la simple et bonne raison que l'idée qu'elle lui mente ou que leur père les ait abandonnés lui était inconcevable. Cristalline se sentit perdue. Elle essuya une vilaine larme qui roulait sur sa joue. Pourvu qu'il vienne. Peut-être était-il rentré chez Maguelone ? Elle n'avait aucune envie de retourner là-bas et de devoir s'expliquer avec tous les autres à côté, Roméo compris.

Décidant de mettre toutes les chances de son côté, elle s'empara de son téléphone et copia-colla le texto qu'elle lui avait déjà envoyé vingt-quatre fois. *Rejoins-moi sur le bord de la Tamise, juste à côté du London Eye. Je suis sur un banc en bois, en bord de quai. S'il te plaît. Il faut qu'on s'explique. Je te demande pardon.* Cela faisait deux bonnes heures qu'elle poireautait. Elle appuya sur le bouton vert. Le message partit.

— Pas besoin de t'acharner, je suis là, fit une voix grave derrière elle.

Elle se leva d'un bond, gênée pour la première fois de sa vie devant son frère. C'était un sentiment étrange, affreusement désagréable. Auparavant, elle avait été en colère contre lui, elle l'avait adoré, elle l'avait détesté, elle l'avait admiré, mais jamais il ne lui avait inspiré le moindre malaise. *Il faut un début à tout*, comme disait l'autre (on ne savait même plus qui). Lucien se tenait immobile, sombre malgré ses joues écarlates. Il dardait sur elle un regard accusateur.

— Alors ? lâcha-t-il d'un ton froid. Tu voulais parler, non ? Tu as perdu ta langue ?

Cristalline fourra ses mains dans ses poches, puis se tortilla, embarrassée.

— Tu as envie qu'on fasse un tour sur cette grande roue à la con ?

Lui avait-elle vraiment proposé de se payer une petite attraction touristique ? Visiblement oui, vu la mine atterrée de son frère.

— Non, pardon. Mauvaise idée, marmonna-t-elle avant de désigner du doigt le banc.

Ça aurait pourtant été bien de parler de cette histoire ténébreuse en caressant les nuages. Un peu de hauteur, de rêve, pour gommer les profondeurs et les noirceurs d'une dernière bulle sous les eaux. Lucien s'installa et grimaça quand ses fesses touchèrent le fer froid. Définitivement, la grande roue aurait été un meilleur choix, mais Cristalline eut le bon goût de se taire et s'assit à ses côtés.

— A-LORS ? insista-t-il.

Cristalline soupira.

— Je t'ai menti, lança-t-elle d'un ton contrit.

— Merci, j'avais compris.

— Tu ne me facilites pas la tâche, pointa-t-elle avant de se mordre la langue.

— Ce n'est pas mon but.

Ils se dévisagèrent un instant. Cristalline repensa aux *Je-te-tiens-tu-me-tiens-par-la-barbichette* de leur enfance et comme elle parvenait toujours à faire craquer Lucien, qui s'esclaffait le premier, se prenant une taloche dans la foulée. *Le-premier-de-nous-deux-qui-rira-aura-une-tapette.* Mais là. Rien n'aurait eu le pouvoir d'égayer ses prunelles sombres, ni de le dérider.

— Il n'a pas eu d'accident, souffla-t-elle. Cette version-là, c'était pour maman et toi.

Lucien frissonna. Un air jaloux enlaidit ses traits fins.

— Jusque dans la mort, tu seras restée sa préférée.

Sa voix était aigre. Il s'interrompit un instant avant de poursuivre.

— Enfin, j'imagine que ce n'est pas le propos. Continue.

Il voyait diablement juste. Leur père tentait de le cacher, de les traiter de la même manière, mais Cristalline tenait une place toute particulière dans son cœur.

— Lucien, ne raconte pas n'importe quoi, mentit-elle. Il voulait juste te protéger. Il savait que tu étais sensible…

Et il pensait qu'elle, elle comprendrait. Imbécile d'inventeur fou !

— Raconte.

— Il m'a laissé une lettre qui expliquait son geste. Je l'ai trouvée glissée dans mon *Répertoire de victoires*. C'était une sorte de journal intime dans lequel je notais toutes mes réussites.

Le visage de Lucien s'éclaira un peu.

— Secret de Polichinelle. Je l'ai lu, une fois : il y avait le nom de toutes les personnes à qui tu pétais le nez pour me venger. Date, nombre de cris, de coups, ainsi que tes exploits au club d'athlétisme du collège.

Cristalline ouvrit grand la bouche, puis la referma et sourit. Aussitôt, Lucien redevint sombre. Il refusait encore la complicité et c'est d'une voix dure qu'il reprit la parole :

— Non. Tu me dois une explication.

Cristalline repoussa les sanglots et s'exécuta.

— Moi qui ai mauvaise mémoire, je le connais par cœur, ce maudit courrier. Sur les doigts de la main.

Les mots dansèrent un instant dans la brume de son cerveau et se mirent en place. Elle put réciter.

— *Ma chère fille, tu dois être bien triste à cette heure... Tu ne l'ignores pas : je hais les secrets, sauf ceux que j'ai la chance de partager. Je ne peux partir sans qu'au moins une personne ne connaisse la vérité. Tu es encore jeune pour saisir tout ça, et je suis désolé de te causer du chagrin, mais tu m'as toujours paru si mature. Tu t'en remettras. Comme pour tout. Tu es tellement forte. Comme tu le sais, les belles chansons sonnent souvent faux. Prends* What a Wonderful World, *de Louis Armstrong : le monde n'est pas merveilleux, ma petite Cristalline, non, le monde est cruel. Il ne laisse pas la place aux rêves ni aux sommets. J'ai toujours espéré fabriquer des choses qui rendraient notre existence plus magique, plus pratique, plus pleine, comme un fruit bien juteux. Mais personne n'a jamais voulu de mes rêves. Nous sommes désormais ruinés. J'ai investi tout notre argent dans des inventions qui, je le comprends maintenant, n'avaient pas lieu d'être dans un monde dépourvu de fantaisie. Il faut donc que je fasse ma grande sortie; mes dettes s'envoleront avec moi et ta mère touchera une belle somme grâce à mon assurance-vie. J'aurais souhaité de tout mon cœur trouver une meilleure issue, mais il n'y en a pas. Ma Cristalline, ma vie, tu me connais hélas trop bien : je n'ai jamais supporté les cages. Je serais incapable de me résoudre à prendre un travail routinier pour un salaire de misère. Je dépérirais. Puisque je ne peux continuer ainsi et que je vous ai mis dans une situation impossible, je me dois de vous aider. La seule solution est de mourir. Je compte faire ça bien, pour que jamais ton frère et ta mère ne sachent un mot de tout ça. L'un est trop sensible, l'autre trop terre à terre. Et je sais que cela les briserait. Je dépose mon secret entre tes grandes mains blanches, Cristalline. J'espère qu'avec ces mains tu accompliras des choses ébouriffantes. Tu en es capable, tu es capable du meilleur. J'emporte avec moi les souvenirs de ces années magiques partagées avec ton frère et toi. Et si certains jours la peine vous semble trop lourde, trop envahissante, le grand chêne sera toujours là pour vous. J'ai caché une pile d'assiettes dans un carton, sous le plancher de mon atelier, une manière à moi de continuer à veiller un peu sur vous. Je t'aime. Je vous aime. Ton Papou.*

Cristalline s'interrompit, à bout de souffle. Elle avait lu et relu cette lettre des centaines de fois. Quand elle l'avait découverte, les mots l'avaient brûlée si fort. Elle avait souhaité que ce courrier disparaisse de sa vie, comme s'il n'avait jamais existé. Elle l'avait donc enfermé dans un tiroir de son bureau. Mais, chaque nuit, elle ne pouvait s'empêcher de le ressortir. Elle avait détesté son père. Elle lui en avait voulu d'être un pauvre type ayant dilapidé l'argent familial, d'avoir été tellement égoïste qu'il n'avait pas été fichu de vivre comme tout le monde. Puis, le temps avait passé. Elle avait compris son point de vue, sans le partager. Elle avait saisi que toutes les belles chansons ne reflétaient pas la réalité. Mais elle avait refusé de se soumettre à ce triste constat. L'univers n'était pas si affreux. Si Papou lui avait confié son secret, c'est parce qu'elle était sa confidente, sa seule confidente, manifestement, mais aussi parce qu'elle était forte. Invincible. Prête à tout encaisser. Elle était capable d'accomplir de grandes choses. Elle savait le pire.

La main de Lucien sur sa joue la fit sursauter.

— Je comprends pourquoi tu ne m'en as pas parlé quand nous étions mômes, mais ensuite ?

Sa voix était douce, maintenant. Cristalline haussa misérablement les épaules.

— Quand le secret est trop vieux, c'est plus facile de le conserver que de s'en débarrasser.

Lucien déposa un léger baiser sur sa peau gelée. Une caresse tendre et joyeuse.

— Il disait faux, murmura-t-il. La vie peut être belle.

Un tel regain d'optimisme chez son frère surprit Cristalline. Elle s'interrogea, puis comprit. Elle revint vers le présent, la gaieté, le bonheur, et donna à Lucien une bourrade heureuse.

— Toi, tu as conclu !

Il éclata de rire.

— Si tu savais ce que...

Mais il ne poursuivit pas. Cristalline ne l'écoutait plus. Cela se passa en quelques secondes à peine : une fillette – ciré jaune, bottes à carreaux – déboula sur le quai, occupée à pourchasser une mouette qui prenait son envol. En un éclair, emportée par son élan, elle franchit la limite du quai et chuta dans l'eau grise de la Tamise, alors que l'oiseau s'élevait vers le ciel. Sans un mot, Lucien et Cristalline se précipitèrent pour scruter les flots. Oui ! Là ! Une tache colorée ! L'enfant agitait ses bras. Son petit corps disparut et réapparut plus loin. Bien trop loin.

— Elle va se noyer ! Lance-moi ! hurla Lucien.

Cristalline, foudroyée par le choc, n'esquissa pas le moindre geste.

— LANCE-MOI ! répéta son frère, le visage tordu par la terreur.

— Lucien, voyons, je ne peux pas…

Mais Cristalline n'eut pas le temps de finir sa phrase que, déjà, son frère sautait dans les flots glacials. Sa tête brune ressurgit au bout de quelques instants, qui parurent une éternité à Cristalline. Elle avait à peine conscience qu'une femme, probablement la mère de la fillette, hurlait et qu'une foule angoissée se formait autour d'elle, trop occupée à surveiller Lucien qui progressait avec difficulté. Il avait toujours été mauvais nageur, parce qu'il avait longtemps eu peur de l'eau. Elle aurait dû y aller elle-même. Mais, lorsqu'elle avait aperçu la fillette, elle avait imaginé Roméo à sa place. Ça l'avait littéralement paralysée.

Transie de froid et de peur, elle enfouit ses mains dans les poches et sentit soudain un objet long et souple dans celle de gauche : bien sûr ! La laisse de Micheline Ostermeyer ! Ni une, ni deux, elle enroula le cordon sur lui-même. Quand il eut une forme à peu près ovale, elle le cala au creux de sa paume, prit son élan, cria : « Lucien ! Attrape ! » et propulsa le disque improvisé dans les airs de toutes ses forces, droit sur son frère, qui se débattait dans les flots. Le projectile atterrit directement sur lui, il s'en saisit aussitôt, déroula la laisse et parvint à l'envoyer à son tour à la petite fille, qui attrapa son extrémité à bout de bras.

Quelques secondes plus tard, son frère était tout près de la minuscule silhouette.

— Tu es le meilleur, mon Lulu, murmura Cristalline, au moment où il prenait l'enfant dans ses bras.

Oui, pile au moment où les gens applaudissaient à tout rompre et qu'un soulagement tel qu'elle n'en avait jamais éprouvé envahissait Cristalline.

Chapitre XXIV

Victoria

Ah ! L'insouciance de la jeunesse ! L'une défiant les gardes royaux, l'autre plongeant dans la Tamise, songeait Victoria, le soir même, installée dans l'un des confortables fauteuils du salon Sherlock. Elle observa Maguelone, qui roucoulait dans les bras de cette brindille de Lucien.

— Ma foi, elle semble le trouver à son goût, marmonna-t-elle pour elle-même.

Elle ricana. Le sherry l'avait toujours fait parler toute seule.

Toute seule ? Elle ne l'était plus. Dieu que son cœur se débarrassait de cette couche pesante de méchanceté ! Elle sentait la douceur s'insinuer. La tolérance, la bienveillance… Oh ! Elle n'en ferait pas étalage : en un sens, elle tenait à son image de carne, mais c'était si bon ! Lucien pépia de bonheur et enlaça Maguelone.

L'affreux caniche ronflait. Twix jouait au *Mystères de Pékin* avec le petit garçon, qui battait des mains. Son rire pétillant résonnait dans la pièce. Assise en face de Victoria, Cristalline couvait son fils d'un regard tendre. Twix lui lançait de temps en temps des œillades de merlan frit.

— Je prendrais bien un autre verre de sherry, lança Victoria.

— Tout de suite !

Cristalline se leva pour s'exécuter, au moment où le téléphone sonna. Qui était-ce, à vingt-deux heures ? Victoria quitta péniblement son fauteuil. Maguelone la rejoignit instantanément et la guida tendrement vers l'appareil.

Elle grimaça. Si seulement son dos la faisait moins souffrir.

— Oui, oui…

Victoria décrocha. Une voix distinguée – follement distinguée – résonna à son oreille. Victoria faillit défaillir, mais c'était trop important. Elle ne faiblit pas et répondit avec aplomb, à la fois stupéfaite et ravie. Puis, elle abaissa le combiné contre sa poitrine et lança :

— Lucien, mon cher, la reine Élisabeth en personne. Elle voudrait te parler.

Épilogue

Cristalline

Chère Cristalline,

Je suis déçu que tu ne viennes pas ce week-end, mais ce n'est que partie remise. Tu as ta première compétition en nationale, et ça, ce n'est pas rien ! Je suis si fier de toi ! Tu vas être époustouflante, j'en suis certain. Comment va Roméo ? Il semblait particulièrement en forme, au téléphone, hier ! Je suis heureux qu'il ait retrouvé son entrain. J'ignore qui est cette petite Marissa, mais elle a l'air de lui plaire un max. Dis-lui que, s'il a besoin de conseils en matière de séduction, il peut toujours faire appel à son tonton Lucien. Ha, ha, ha !

À propos, notre cher Twix ne parle plus du tout du projet qui l'a mené à Londres. Je ne sais pas, j'ai comme l'impression qu'il s'est passé quelque chose. C'est impossible, pourtant : il sort peu, ne rencontre donc pas grand monde, excepté les clientes. Peut-être s'est-il fait à l'idée d'être puceau, après tout. Il se peut que la cuisine le comble tellement qu'il en oublie le reste. Tu le verrais, Cristalline ! Il mitonne, assaisonne, dresse, presse, marmitonne. C'est un chef. Les clients le complimentent à tous les coups. La Langue bien pendue, *notre bed and breakfast, ne désemplit pas. Maguelone et Victoria se frottent les mains. Elles sont proches, désormais. Derrière son armure d'insolence, Victoria cache des trésors de tendresse. Malheureusement, elle est de plus en plus faible. C'est la fin. On essaye tous de tenir bon et d'être là pour Maguelone.*

Je suis fort. Fort parce que, malgré tout, je suis heureux. Et je te le dois, mon incroyable Cristalline, mon Poing Vengeur, mon Chevalier Protecteur, mon Réservoir à rêves. Et dire que la petite fille que j'ai sauvée est l'arrière-petite-nièce par alliance d'Élisabeth ! Le boulot de Févier royal (nous avons opté pour cette appellation, plutôt que celle de Grand Févier) est magnifique. La reine me commande, j'exécute. Je crée, je virevolte, je m'envole. L'atelier où je travaille, dans l'aile l'ouest de Buckingham, vaut le détour. Sa Majesté l'a tout spécialement fait aménager pour moi : du parquet, d'immenses fenêtres donnant sur le parc, des fours de cuisson dernier cri. On m'apporte du thé et des scones aux raisins à seize heures ! Parfois, j'ai l'impression que c'est moi, le roi. Élisabeth me rend souvent visite. Une information que tu ne trouveras pas dans Gala *: sa fève préférée est un petit renard recroquevillé. Elle m'a confié que, avant de devenir reine, elle se sentait comme ce petit animal : fragile.*

Vivement les vacances de Noël : quinze jours pour en profiter tous ensemble ! J'ai tellement hâte de vous voir, toi et Roméo.

Tellement.

Parce que, tu sais, cette vie que nous menons est belle, et à chaque instant j'ai envie de la vivre avec ceux que j'aime, et cela inclut une athlète têtue, un môme redevenu follement bavard et un caniche infernal.

Je t'aime.

À bientôt,

Ton Lulu.

P-S : ci-joint une surprise pour toi.

Les larmes aux yeux, Cristalline replia la lettre, s'empara du paquet soigneusement emballé qui accompagnait la missive et l'ouvrit. Le travail de son frère était d'une splendeur et d'une délicatesse renversantes. Il s'agissait de cinq fèves de taille moyenne, rehaussées d'or. Il y avait là son petit garçon, avec des joues rondes et un sourire qui dévorait son visage aux traits ciselés ; Twix, imposant, sa main abîmée posée sur son cœur ; la belle Maguelone qui effectuait une arabesque parfaite ; Victoria, le doigt en l'air, morigénant son petit monde ; enfin, son frère et elle, se tenant par les épaules, échangeant un regard complice. Sculptant la matière de ses doigts merveilleux, Lucien avait su saisir leur essence, leur beauté, et l'immortaliser.

Oui, il avait su capturer le bonheur.

REMERCIEMENTS

Un immense merci à Alexandrine Duhin, qui a cru en Lucien, en mon histoire un peu folle, et qui m'a fait entrer dans la grande famille Mazarine, et à Agathe Mathéus, pour sa relecture attentive.

À Stéphanie Pèlerin, qui m'a poussée à participer au Mazarine Book Day, même au moment où, désespoir absolu, j'avais perdu la totalité de mon document Word. À son esprit de solidarité, son amitié sincère et son rire.

À Anne Ferrier, qui a lu mon *févier* au fur et à mesure de l'écriture avec sa bienveillance habituelle, qui a ri et un peu pleuré, aussi.

À mes amis chers. Leurs bêtises, leurs idées folles et nos fous rires sont une source d'inspiration constante.

Enfin, à mes proches : Nicolas, Anna, Lino, mes adorés, qui acceptent de me voir penchée sur mon ordinateur, à écrire frénétiquement, au lieu de regarder la dernière saison de *Sugar Rush* avec eux sur Netflix.

De la même auteure :

La Lanceuse de couteaux, Paris, Charleston, 2018.

Le jour où ma vie a vraiment dérapé, Paris, Harper & Collins, collection « &H », 2018.

Devine qui vient pour Noël, recueil collectif, Paris, Harper & Collins, collection « &H », 2018.

C'était pas censé se passer comme ça, Paris, Harper & Collins, collection « &H », 2019.

Tout ça pour toi, Paris, Harper & Collins, collection « &H », 2019.

Joyeux Noël et laisse-moi tranquille ! Paris, Harper & Collins, collection « &H », 2020.

PAPIER À BASE DE FIBRES CERTIFIÉES

Le Livre de Poche s'engage pour l'environnement en réduisant l'empreinte carbone de ses livres. Celle de cet exemplaire est de :
250 g éq. CO_2
Rendez-vous sur www.livredepoche-durable.fr

Composition réalisée par Belle Page

Achevé d'imprimer en décembre 2020, en France sur Presse Offset par
Maury Imprimeur – 45330 Malesherbes
N° d'imprimeur : 250759
Dépôt légal 1re publication : janvier 2021
Librairie Générale Française – 21, rue du Montparnasse – 75298 Paris Cedex 06

65/8870/1